freedom letters

№ I

Сергей Давыдов

Спрингфилд

Роман

Freedom Letters

2023

freedom
letters

Сайт издательства freedomletters.org
Телегам-канал freedomltrs
Инстаграм freedomletterspublishing
Магазин freedomletters.gumroad.com

Издатель
Георгий Урушадзе

Редактор
Илья Данишевский

Технический директор
Владимир Харитонов

Дизайнер обложки
Татьяна Корчагина

Корректор
Инна Харитонова

Благодарим за поддержку издательство LitSvet

Сергей Давыдов. Спрингфилд: Роман. Freedom Letters, 2023.

ISBN 978-0-993820-25-0

«Спрингфилд» — история двух влюбленных в друг друга парней, живущих в промышленном депрессивном городе Тольятти. Роман ни при каких обстоятельствах не может быть издан в современной России, и не только из-за «неправильной» ориентации главного героя. Это роман поколения. Поколения тридцатилетних, раздавленного российской действительностью, уничтожающего всё живое и непохожее на мейнстрим.

От издателя

«Спрингфилд» ни при каких обстоятельствах не может быть издан в современной России, и не только из-за «неправильной» ориентации главного героя.

Я нашёл этот роман по ссылке из фейсбука. Со словами «это посильнее «Эдички» разослал друзьям. Писателям обидны сравнения с другими, поэтому скажу так: это роман поколения. Поколения тридцатилетних, раздавленного российской действительностью, уничтожающей всё живое и непохожее на мейнстрим. Прочитать необходимо.

Весь первый военный год я думал о создании свободного издательства. Прочитав «Спрингфилд», понял, что таким романам и таким авторам это издательство нужно. Если не Freedom Letters, то кто? С Сергеем был подписан договор номер I. Именно с этой книги мы начинаем.

Георгий Урушадзе

Глава 1

Когда мама в девяностые годы
приехала в Тольятти из Таджикистана
она посмотрела на Автозаводский район и сказала:
это Америка
это Нью-Йорк.
Посмотри какие широкие улицы
какие тут перспективы
как много тут
молодости и всего.
Со временем сетка кварталов
станет для неё клеткой.
Потом из-за новых законов
сгорит её бизнес
поднимутся цены
появится Крым
накроют кредиты
и она уедет к своей маме в деревню в Белгородскую
    область
и оставит меня продавать всё наше имущество.
Я сбежал от неё лишь бы просто не жить там не жить
и никогда больше не возвращаться.

Но я буду долго ходить по нищему городу
в поисках хоть какой-то работы без опыта
селить за три тысячи гопников в маминой спальне
общаться с коллекторами
и покупателями офисной мебели и оборудования
продавая по полочкам её бизнес наш быт нашу прошлую
    жизнь.
Когда совсем плохо я буду ходить на водохранилище
и думать про затопленные дома и деревья старого
    Ставрополя
глубину воды
и вспомню как раньше мы ездили отдыхать через ГЭС
и мне рассказывали про замурованные тела строителей-
    арестантов в его стенах
и как мне будет страшно, если меня замуруют
в этих стенах
как страшно
задохнуться в бетоне
и что после разложения тел возникают пустоты
и тогда ГЭС обрушится и унесёт всех с собой в глубокую
    воду
снесёт город огромной стеной
вместе с пустыми квартирами и гаражами потому что все
    уезжают.
И всё это я представлял
таким же яростным летом
и воздух был крепкий, как водка.

Мы с Матвеем родились в Тольятти в Автозаводском районе, уехали из него в один год в Самару и поступили в один
университет, но не были знакомы в Тольятти.

Теперь мы снимаем однушку в новостройке на самой окраине, ходим в «Ашан» и IKEA, ездим в город на одной и той
же маршрутке, врём соседям, что братья, ржём, много тра-

хаемся, ругаемся, ходим дрочить в туалет, готовим, висим на турнике, устраиваем лютые вечеринки и представляем, что это вовсе не русская бедность из обзора Варламова, а сонный американский пригород, и мы типа панки или чуваки из сериала. И каждый день мы мечтаем отсюда уехать. Но сейчас мы ходим на работу, а по вечерам скучаем, как в фильмах Ван Сента, под трескучие ЛЭПы, пиво и сигареты.

Летний «Кошелев», он же самарский микрорайон «Крутые ключи» — это русский Спрингфилд из трёхэтажек за чертой города и железнодорожного полотна, с современными баскетбольными площадками и доступным жильём, танком, фонтаном и днём ВДВ.

До поэтов, инженеров и гопников на самарской земле жили древние венгры. Они были кочевниками, и от них остались стоянки. Одна из них была найдена в Кошелеве. Экскаваторы выгребли венгров и построили доступное жильё для новых кочевников — молодых бедных, как мы. Мы поживём тут, подкопим вещей из IKEA и поедем дальше прерывать довременье.

Венгры схоронили ненужное в землю и свалили в Венгрию. Они такие, наверное: «Так-с, так-с, что нам нужно для счастья? Карпатские горы — о, точно, оно. Дунай, Будапешт, вечеринки. Средиземное море — збс. И вроде Европа, а не эти вот курмыши. Венеция, Вена — пара часов на автобусе. А тут через пару часов только Чапаевск», — подумали и поехали дальше. Они оставили нам Жигулёвское море, губернатора финно-угорца, суровые зимы, калифорнийское лето и горы размером с холмы.

Сегодня я встал с Матвеем в десять утра, чтобы он потащил меня по жаре и похмелью в «Ашан», который я ненавижу.

— Ты так интеллигентно блюёшь, — сказал Матвей.

— Говорил, — отвечаю.

Похмельный Матвей похож на кота Тома, который не познакомился с Джерри, — добрый и рассеянный. Постепенно он становится недовольным, как обычно:

— Бери эти, — говорит Матвей, показывая резиновые сланцы со стенда.

— Они белые, — отвечаю я.

— Они по скидке.

— Я изговняю.

— Ходи аккуратно. — Матвей поправил маску на подбородке.

— Они для трупов. Трупы не ходят.

— Андрей, ты должен учиться ухаживать за собой.

— Сорок три размер. Мне нужен сорок два.

— Они по скидке.

— Сорок три мне только на хуй повесить.

— Давай ещё посмотрим?

— Я хочу курить.

Я понимаю, что он стремится быть полезным, но он меня бесит. Он вечно тыкает в свою ухоженность и физическое превосходство, хотя у него крохотный член. Я люблю этот член, потому что он для меня абсолютно родной. Он эргономичный, как любая вещь из IKEA, которую он так любит. Особенно сильно он любит фрикадельки и просит меня приготовить их точно, как в IKEA. Я делаю фрикадельки, а он говорит, что у него оргазм рта. Иногда мне кажется, что он со мной встречается лишь потому, что любит поесть. Я могу приготовить соус из брусники без брусники.

— Пошли, мне не надо, я в носках хожу, — говорю. — Хватит пялиться! На меня смотри.

— Я тебя вижу чаще, чем свой хуй.

— Неправда, ты часто ссышь.

— Смотреть необязательно. У меня хуй с системой оптического наведения и GPS. Как айфон, но не вибрирует.

Я типа не смеюсь.

Матвей всё равно берёт сланцы. Я начинаю дурачиться: встаю на тележку и качусь по залу «Ашана», представляя себя Феррисом Бьюллером из фильма Джона Хьюза. В голове играет Don't stop believin by Journey. Песни не было в фильме — это моя режиссура. Да и фильм я почти не помню. Мэт раздражается и строго говорит:

— Это выглядит придурочно.

Я сильно хочу снова расстаться с Матвеем, и уже насовсем.

Матвей смотрит вещи, поправляет очки, потом совсем их снимает, чтобы протереть. Без очков он похож на Питера Паркера, его любимого героя. Мне не нравится Спайдермен, но нравится Питер Паркер, потому что он подлинный. Без очков Матвей бывает только в двух случаях — когда спит и занимается сексом. В обоих я его люблю. А очки вдавливают его глаза в череп, сужают виски, и Матвей становится злой, раздражённой училкой.

Я проезжаю несколько метров, но Матвей не намерен со мной веселиться. Он аддиктивно всматривается в вещи, выискивая скидки. Я злюсь, останавливаюсь и хочу вести себя агрессивно, но вспоминаю, что «Ашан» — это храм терпения.

— Что мы ещё посмотрим? — спрашиваю тихо и вроде как ласково.

— Трусы. Тебе нужны трусы.

— Мои новые.

— Они проперженные.

— Ты ведёшь себя как пидор.

— Я и есть грустный пидор, — отвечает.

— Трусы не сделают тебя лучше.

— Это улучшит качество жизни.

Мне очень хочется физически вдолбить в Матвея, что зацикленность на вещах и порядке — это страх развития. Что он неуверенный, слабовольный и завистливый, как его родители, которых он сам называет «нереализовавшимися личностями». Они не дали ему ничего, кроме красивого имени. Потом я думаю, что не прощу себе таких слов. Я думаю, что я зазнавшийся и не очень красивый мальчик. Я ищу способ простить себя, и, чтобы не злиться, я пытаюсь вспомнить какой-нибудь романтичный момент между нами. Вспоминаю, как мы ходили в СПИД-центр на Ново-Садовой.

Мы сидели в очереди за результатами. Рядом — женщины, похожие на продавщиц из «Пятёрочки», и мужик-дальнобойщик, у которого одна рука была коричневая, а другая белая. В самом дальнем углу сидела пролетарская гей-пара средних лет, но они пытались делать вид, что не знают друг друга. Мы сидели в одинаковых позах и смотрели мемы на телефоне Мэта, потому что у Мэта отличное чувство юмора. Я потел, а Матвей незаметно гладил мой мизинец своим, чтобы я не боялся.

— Андрей, держи хуй бодрей, — ухмыляясь говорил он супергеройским голосом и поправлял очки. — Проверка на ВИЧ должна быть нормой жизни.

— Окей, пап.

Я не возражал, ведь ранее мы практиковали секс с другими партнёрами.

— Ты знаешь, почему парочки любят ходить на ужастики? — спросил я шёпотом.

— Ну?

— Я читал исследование на «Киберленинке». Совместное переживание страха усиливает влечение. Ну то есть они не думают прям вот так, но интуитивно понятно.

Матвей посмотрел на тётеньку из «Пятёрочки». Тётенька тоже посмотрела и, хотя всё про нас было ясно, не подала виду, потому что перед СПИДом, как перед Богом.

ВИЧ у нас не обнаружили. От радости хотелось целоваться. Конечно, мы не могли этого сделать. Одна из тётенек мне улыбнулась, а геи, что вдвое старше нас, отвели взгляд. Мы вышли из СПИД-центра и пошли в булочно-кондитерский комбинат на Московском шоссе. Я как можно громче стучал ногами по нерастаявшему апрельскому снегу. Я победил смерть, я обожаю побеждать. А ещё я хотел жрать. Мы похавали беляшей на комбинате, а вечером смотрели в общаге «Драйв» с Гослингом.

И в сущности, мы с Мэтом очень похожи. Нам чуть за двадцать и у нас ничего нет. Наши матери живут в других городах, и если звонят, то только лишь рассказать, как им плохо и что в этом виноваты именно мы. Мы зарабатываем копейки и не очень понимаем, кто мы, и поэтому просто хотим быть крутыми. Я хочу быть документалистом и писателем, а Матвей — Питером Паркером, потому что больше ничего не придумал.

Я всё это вспоминаю, внимательно смотрю в лицо Матвея и вижу Питера Паркера.

Матвей берёт пачку с трусами, сковыривает с неё белую защитную полоску вместе с полиэтиленом и засовывает пачку в рюкзак. Я, не раздумывая, встаю сбоку от Матвея, чтобы никто не видел, как он ворует для меня трусы.

Глава 2

Дома у нас никогда не было. Сперва были общаги, а после универа — Крутые ключи. В моей общаге кто-то вечно напивался, курил спайс и пытался подраться. На этаж приходил однорукий охранник, и его спускали с лестницы. Комендантша была уверена, что я наркоман, потому что тусил с неформалами на заброшках и был серый от безденежья. Я вечно пытался придумать, кто я, перебирая персонажей из книжек и фильмов, но никто не был похож на меня в достаточной степени.

Учился я плохо и на совершенно не подходящей мне специальности — матметоды в экономике. Вместо пар я работал или просто бухал, деньги тратил на еду, пиво и взятки преподам, которые давал практически профессионально, а мать звонила и говорила, что я не справляюсь с жизнью.

Я помню голод и горящий желудок от холодного дешёвого пива. В месяц она присылала пять или десять тысяч рублей. Я работал официантом в ночном клубе, курьером, раздатчиком листовок. Работал, и всегда было мало, потому что нужно на взятки.

Потом, с началом пандемии, она окончательно разорилась и через год уехала из Тольятти в белгородскую деревню к своей маме. Они жили на деньги с проданного имущества, которые я присылал, и две пенсии — свою и бабушкину, потому что маме было почти шестьдесят, а родила она меня, когда ей было около сорока, и она честно говорила, что детей никогда не хотела и у неё было пять абортов до меня, но так вышло. «Я не умею быть мамой, и ты меня сломал, — она говорила. — Я полюбила тебя, — она добавляла, — и теперь ты для меня самое главное». А ещё она любила звонить и говорить, что это я во всём виноват. Что я — её величайшее разочарование. Если бы я бросил универ, вернулся в Тольятти и сел в её офисе вместо неё, то она б как-то вырулила и не потеряла бизнес. Она любила выпить и сказать: «Я мечтала на старости иметь виллу в Испании», а после всегда переводила тему и спрашивала, сколько у меня денег. А денег у меня не было, и это будто было подтверждением её правоты.

В детстве она всегда считала меня слабым, поэтому специально закаляла в классе, где каждый день мне приходилось драться и ощущать свою бесконечную бесправность.

О моей гомосексуальности класс узнал, когда мне было четырнадцать. Я показывал презентацию на уроке по основам проектной деятельности, и она оказалась настолько хорошей, что одноклассник попросил у меня флэшку, чтобы её скачать. Я дал флэшку, потому что хотел дружить, а друзей у меня не было, и забыл, что на ней, кроме презентации, гигабайт порно. Я вырвал из компьютера флэшку в момент, когда класс наблюдал, как один парень делает другому парню глубокий минет. Я засунул флэшку в карман, выбежал из класса и вспомнил слова матери: «Ты должен учиться преодолевать свои трудности».

Я пришёл на следующий урок с опозданием. Сидел с бордовым лицом, и во рту был металлический вкус, как когда пробежишь километр. А они смотрели на меня. Самый смелый, Гурин, прокричал «пидорок» прямо посреди урока. Учительница сделала вид, что не слышала. Это случилось ещё три раза, пока я не встал и не ударил его. Учительница сказала, чтобы я вышел из класса. Я ушёл совсем — просто ушёл домой. Раздевалки закрывали на ключ, чтобы школьники не сбегали раньше конца уроков. Я побежал по февральскому льду в туфлях и пиджаке, добежал до дома и лежал на кровати, сжавшись в кулак и повторяя себе: все будет хорошо, хотя ничего не может быть хорошо.

Мама не знала о моей гомосексуальности, не понимала, что происходит, и вновь говорила: «Ты должен учиться преодолевать трудности», — хотя видела синяки и вечно не спавшее лицо, и даже плакала по ночам, но терпела, терпела. Я не спал почти каждую ночь, шёл в школу, а потом сбегал из неё, чтобы просто сидеть одному в квартире и придумывать свою свободу. Я смотрел англоязычные блоги на Youtube, в которых заморские люди совершают каминг-аут или трансгендерный переход, а родители оказывают поддержку своим детям, и радовался за них.

Потом я убегал всё время. Я мог попроситься в туалет посреди урока и уйти домой. Я мог открыть окно в классе, пока учителя не было, и вылезти с первого этажа. Однажды за мной через окно сбежала половина класса, и меня обвинили в организации побега, хотя мне меньше всего хотелось, чтобы за мной кто-то шёл. Я стал курить, потому что я представлял себя героем «Панка из Солт-Лейк сити» или Куртом Кобейном. Мне хотелось чувствовать себя крутым парнем из молодёжной комедии, но геи в России очень быстро понимают своё место, поэтому легче представить себя прикольным чудиком, который скоро умрёт. Я воровал книги в «Читай-городе» из той оранжевой серии «Альтернатива» с Палаником, хотя они были старые и обычно по скидке, и ощущал это еженедельным ритуалом освобождения. Мать не купила бы мне таких книг. Она дарила мне много игрушек и всякой одежды — привозила всё из Москвы и Европы, пока я оставался один или со знакомыми. Она раскладывала их по комнате, любовалась и опять становилась начальником. Иногда резко теплела, но ненадолго. Мои желания не учитывались. Мои желания всегда были глупостью. И я научился сам заниматься своими потребностями.

Одно из ранних воспоминаний детства — как мы играли с игрушечной змеёй по имени Каа, как в «Маугли». Она держала её голову перед своим лицом и говорила: «Доверься мне». «Ты меня не обманешь?» — спрашивал я. «Нет, конечно».

Я обнимал змею, а она набрасывалась на меня и душила. Мы смеялись, играли, и мама говорила: «Никому нельзя доверять».

И больше ни с кем в мире я не чувствовал связи.

«Ты моя собственность», — говорила она и ласкала.

И я понимал, что в будущем всё кончится грандиозным провалом.

Став подростком, я зачитывался Палаником, Могутиным и прочими борзыми и талантливыми гомосексуалами и верил, что однажды тоже стану крутым вопреки всем. Я читал их и пытался найти свой сюжет. Я не понимал, почему мужская гомосексуальность в российских медиа ассоциирована с болезнями, «детьми порока» и бесконечно декоративными второстепенными друзьями главных героинь, которые лишь подчёркивают их гетеросексуальность, потому что никогда себя так не чувствовал. Моя маскулинность была совершенно обычной, трафаретной, радикально не выделяющейся, как мне казалось, и я совсем не старался вести себя как-то специально.

Однажды парень из одиннадцатого класса покончил с собой. Я видел его только мельком: высокий, сутулый и с кучей анимешных значков на рюкзаке. Я догадывался, что он тоже квир, но никогда не подходил. Он прыгнул с «винтухи» — это недостроенная башня с винтовой лестницей в медгородке. Потом к нам в класс пришёл какой-то мужик с погонами и стал рассказывать о вреде гомосексуализма, аниме и пользе патриотизма. Я разозлился и сказал ему в лицо: «Этими беседами вы убиваете детей. Вы очень глупый». Сказал и ушёл, а потом долго мысленно ему пересказывал статью об эпидемии суицидов квир-подростков из-за социальных факторов, которые создали такие, как он.

В одиннадцатом классе я абсолютно не понимал, что мне нужно, и сдавал сразу пять ЕГЭ, но ни к одному толком не готовился, потому что не понимал, что важнее. Мать говорила, что я должен стать финансовым директором, крутым мужиком и реализовать всё то, что она хотела сама. «Ты объект моих инвестиционных вложений», — говорила она.

А я хотел просто сбежать из этого умирающего города и от матери, которая всё детство то любила и хвасталась успевающим сыном, то била ногами за двойки. Я прекрасно осознавал своё будущее: вечный стыд, скрытый потным, завонюченным одеколоном пиджаком муниципального взяточника, тухлые бани с девочками и солидными мужиками. При этом я прекрасно понимал её благие намерения: будучи в прошлом женщиной на госслужбе в России девяностых, она бесконечно завидовала мужчинам, их карьерным перспективам и той силе, которую они воплощали. Она была красивой женщиной в гомогенных мужских коллективах и привыкла, что, если с ней кто-то ласков, значит, хочет либо её тело, либо её возможности. Женская привлекательность стала для неё исключительно инструментом, который она оттачивала так же, как силу воли, профессиональную компетенцию и хитрость, в которой сильно проигрывала. Позже, в конце нулевых, когда она была вынуждена покинуть пост главы департамента экономики города Тольятти из-за смены администрации, она понимала, что на этом её политическая карьера закончилась, поэтому ушла в бизнес. Новый мэр никогда не возьмёт в свой аппарат главного соратника прежнего мэра, тем более понимая, что это конкурентная женщина. Тем более понимая, что наступила новая политическая реальность, где нет места либеральным политикам, выступающим за расширение местного самоуправления — а она являлась именно таким политиком. Забавно, что с детства я свободно владел политической терминологией — мы использовали её в повседневном общении, как и таджикские диалектизмы.

Я был первым за пять поколений, кто родился в России. Остальные родились в Душанбе. И если бы не война, я бы тоже был душанбинцем.

И мне всегда казалось, что моя настоящая родина где-то не здесь. Я не понимал Россию.

Когда мать приехала из Таджикистана бежав от войны
она сказала себе что железобетонная.
Она выжила победила войну
заработала на квартиру
родила сына и говорила:
я научу тебя ходить по трупам
ты объект моих инвестиционных вложений
и ты всегда будешь со мной
говорила она.
А я отвечал что на такое я не согласен
и что единственный труп на который приходится наступать
это Тольятти.
Она считала что воспитание
должно быть достаточно жёстким
потому что вся жизнь война.
И в детстве я очень хотел стать военным корреспондентом
чтоб говорить правду
ведь никто не заставит меня говорить то
во что я не верю.
Я смотрел новости федеральных каналов
об осетинской, чеченской и ещё какой-то войне
нашей бесконечной войне потому что вокруг все плохие
и бесконечно злился
то на пендосов
то на грузин
то на украинцев

и в конце концов сам на себя
потому что я будто бы не Россия.
Посмотри на Россию
там всё хорошо
там все улыбаются
а плачут только враги.
Значит ты не Россия.
И до сих пор
я пишу свои репортажи.
Моя мать ненавидела русских.
Но мы же русские
говорил я.
Мы другие
отвечала она
и растирала губами коралловую помаду Yves Saint Laurent
привезённую из Испании.
Мы богатые они бедные.
У нас всё другое мы сильные
мы не нуждаемся
у нас есть дастархан
дастархан — когда скатерть завалена лакомствами
курпачи — наш матрас на балконе яростным летом
деревня — это кишлак
А Памир — настоящие горы
не то что в России.
Она не любила русские блюда
и мы ели всё с острыми специями
кинзой жирной бараниной и зирой
а остальное
казалось нам пресным.
Только это она любила
только об этом говорила
еда и сила
остальное она ненавидела.

Мать любила критиковать Советский Союз за его двоемыслие, когда днём ты рассказываешь заветы вождей, а вечером смотришь немецкое порно на видике в переполненной комнате и мечтаешь о заграничных джинсах; за коммунальные квартиры и лицемерные партсобрания; за отсутствие выбора; за лифты, в которые она боялась заходить одна, если там уже был мужчина; за бедность и дефицит, которые становятся особенно горькими после командировки в почти что свободные Прагу или Варшаву. Она с упоением рассказывала про молодых людей с ирокезами в Восточном Берлине и в футболках с надписью «хуй», про секс-шопы и как её приняли за проститутку в мини-юбке и каракулевой шубке, которые она надевала, наслаждаясь свободой, про гостиницу «Берлин», с верхнего этажа которой видно Западный Берлин, который сияет, а Восточный — как огромная лужа мутной воды. Но потом она стала рассказывать, что в зарубежье только враги, что в Европе все нищие и замерзают без нашего газа, что скоро они там все вымрут. И всё это говорила с французской помадой Yves Saint Laurent на губах.

Когда я думаю о детстве в Тольятти
я вспоминаю что все друг друга за что-то да ненавидели
ненавидели в школе
в семье
в подъезде
и по телевизору.
Ненавидели но почему-то всем врали что всё хорошо
и стабильно
врали.
И мне показалось что так невозможно
и однажды мёртвые встанут
и отомстят за себя.
Они сломают железобетонные стены надгробия
     и плотины

и голосом мёртвых

заговорят живые.

Где учат на военных корреспондентов, я не знал. На журфаки я не прошёл, но попадал на бюджет философского факультета ВШЭ в последней волне, и нужно было срочно ехать и подавать документы. Я сказал об этом матери, но она сказала: «И кем ты будешь? Нищим философом?» Да пусть так. Философы хотя бы умные. Они хотя бы живут не здесь. Они хотя бы не треплются, не затыкаясь про вражду и силу. Я не хотел быть никаким директором. Мне хотелось быть Анной Политковской, Куртом Кобейном и Бритни Спирс одновременно.

Денег на поездку в Москву она не дала. Она сказала, что я буду учиться на экономиста в Тольятти на платном.

«Будешь работать в офисе вместо меня, — сказала она. — Я буду ездить к маме. Нужно, чтобы кто-то поддерживал бизнес».

«Он развалился», — ответил я, и это было правдой. И добавил, что я ни за что не встану на её место, потому что оно мёртвое. И что дешевле всего было отпустить меня на бюджет в Москву. Тольятти умирал, мы в нем чахли, мы маялись в душных десятых годах и вместе со всей страной медленно становились беднее.

«Исключено, — сказала она. — Ты должен заниматься имущественным вопросом». — «Ты мной расплачиваешься», — сказал я. «Почему тебе так трудно просто сделать, что я говорю?»

Я сказал ей, что она дура, раз хочет тратить кредитные деньги на изучение математики, по которой у меня всю жизнь было между двойкой и тройкой. «Перейдёшь на бюджет», — отвечала она.

Мы сторговались, что я буду учиться в Самарском национальном на платном. Изучать математику в экономике. Я сказал ей, что это её выбор. А она сказала, что у меня нет выбора.

«У меня ЕГЭ тридцать по математике, — говорил я. — И девяносто восемь по истории. Я не знаю математику, но знаю многое другое».

«Ты научишься быть ответственным, — говорила. — Ты должен преодолевать свои трудности. Почему ты никогда не был сильным, как я? — она говорила. — Почему ты такой слабый? Ты же слабый. Сделай уже сильный поступок».

Я был сильным каждый день, выживая в этой школе. Я каждый день был сильным, как чёртов морпех.

Мне захотелось ей отомстить. Мне хотелось сказать: это ты неудачница, раз всё потеряла на шестом десятке. Но я посчитал, что это ничего не решит. Мне не хотелось войны. Я пошёл в комнату, подумал примерно полчаса, потом выскочил на кухню, когда она курила, и сказал: «Ты меня не знаешь». — «С чего ты взял?» — «Ты всегда любила мечту обо мне, а не меня. Ты говорила: „Ты объект моих инвестиционных вложений“».

Тут я заплакал, не сдержался. Она обняла меня. По-тёплому обняла.

«Конечно, я люблю тебя, — говорила. — Ты же мой сын, любая мама всегда будет любить своего сына, каким бы он ни был». — «А какой я?» — «Ты пока слабенький. Неокрепший. Ты ещё не стал собой».

Я отскочил от неё: «Мам, короче, я гей, пидор, я не крутой мужик и никогда им не буду. Это провал. Хороших сценариев не существует. Всё».

Просто сказал и молча стоял. Она тоже молчала. Она затушила сигарету, обошла меня стороной, заперлась в ванне и сидела там три часа. Даже не стала спорить, просто будто услышала подтверждение страшной догадки, которую долго носила в себе. Я подходил к двери и говорил: мама, прости меня. А она отвечала «ты мне не сын» и «оставь меня».

Я схватил рюкзак и поздним вечером ушёл из дома, только проорал: «Ты просрала всё, включая сына».

Идти мне было некуда, поэтому я просто пошёл на водохранилище. Она потом позвонила и сказала, что я должен вернуться. Я ответил, что пусть меня убьют твои нормальные у ночного ларька. Пусть там в крови валяются мои тапки. И это будет лучшим для тебя наказанием, потому что я умру, а ты будешь жить. Я и так не планировал тут оставаться. Я заставлю тебя учитывать мои интересы, даже если это будет стоить мне всего, и я начинаю прямо сейчас.

Она замолчала на полминуты и сказала: «Иди нахуй».

Сказала и бросила трубку. И тогда меня будто бы перещёлкнуло. Почему я должен умирать в семнадцать лет из-за женщины, которая, как мне тогда казалось, меня не любит и не любила? Женщины, готовой сделать сына социальным инвалидом, лишь бы он на неё работал? Я решил вернуться домой, потому что этот дом и место в нём — мои по праву рождения. Когда я проходил через Степана Разина в седьмой квартал, мне встретился окровавленный тапок около круглосуточного магазина. Парень пытался подняться из лужи. Я попытался помочь ему и поговорить, но парень нашёл тапок и, скользя липкими подошвами, убежал внутрь квартала.

Я пришёл домой, попытался поспать и мечтал, чтобы быстрее наступило завтра, когда я смогу уехать из Тольятти.

На следующий день я уехал в Самару и заселился в общагу. Мать звонила почти каждый день, но говорила осторожно. Тему каминг-аута мы не поднимали.

Моя студенческая группа состояла из гламурных девушек и мечтающих об успехе парней с арендованными машинами на аватарках. Почему-то меня сразу выбрали старостой группы. Меня выбрали, а я ушёл искать курилку, потому что делать с ними было нечего. Зашёл, а там две девушки в анимешных ушках и металлических берцах целуются на подоконнике. Я подошёл спросить у них сигарету. Они дали мне «Kiss» и извинились, что у них только «мышиные тампоны». Они сказали, что их зовут Вольха и Зидан, и тем же днём мы пошли на заброшку за универом. Это огромное кирпичное здание с шестиугольными окнами, залами и кельями, дырами в полу и залитым водой подвалом. По легенде этот замок строили для КГБ, потом для ФСБ, но в итоге он достался тем, кого прогнали с улиц и не ждали дома. Страйкбольщики устраивали там игры, диггеры проводили экспедиции, а некоторые даже жили, проводя ночи на дряхлых стульях и худых матрасах. Мы — пёстрое племя деклассированных и как бы безродных, изгнанных официальной культурой. Слушаем Metallica и «Пошлую Молли», старых русских панков и Machine Gun Kelly, трясём головы под Burzum и по пьяни воем Максим. Мы ностальгируем то ли по нулевым, то ли по девяностым, потому что в настоящем — огромное здание ФСБ.

У заброшки была дурная слава: несколько раз там кто-то умирал, но всё же чаще там веселились. При мне там умирала только собака — пудель. Хозяйка залезла на крышу, взяла собаку с собой и оставила без поводка. Собачка увидела бабочку и побежала за ней. Но собачка не умеет летать, Бог не дал ей крыльев, собачка умеет прыгать. Она прыгнула через парапет и упала на бетонную дорогу. Внизу рядом был цементный завод. Его охранники сразу же положили собаку в коробку и унесли. Я больше не видел хозяйку собаки на заброшке.

Мой две тысячи семнадцатый был как две тысячи седьмой. Тусовка курилки состояла из самых разных парней и девушек, которые по каким-то причинам, как и я, не были «нормисами». Они были похожи на бессмертных персонажей и, в отличие от меня, не были перегружены изнурительно серьёзным отношением к жизни, и я этим наслаждался. Там был трад-скинхед Гарфилд — двухметровый парень в подтяжках и с добрым нравом, металлисты Мэггот и Лысый, которые всегда могли договориться с вахтершей и вписать у себя в общаге, если ночью ты опоздал в свою общагу, Леха Васильев — деклассированный сэдбой без никнейма с книгами по философии, и Мутант, он же Кирилл, у которого все заказывали сопромат.

Почти все были из семей заводчан — самарских или тольяттинских. Мы бухали, пели под гитару, до пандемии ездили на «Метафест» и Грушинский фестиваль, ходили через весь город ночевать на Металлург и Безымянку, воняли перегаром на спящих родителей, теряли кроссовки в слэмах на рок-концертах в «Подвале» и воровали пиво, если совсем не было денег. И все что-то постоянно играли, рисовали или писали. Мне тоже захотелось. Любимыми нашими местами были заброшка, двор за торговым центром «Русь», Пушка — сквер Пушкина с видом на Волгу и Сипа — так называли фонтаны на остановке «Площадь героев 21-й армии». Власти давно прогоняли людей, но они все равно почему-то оказывались на улице. На Пушке десятилетиями обитали неформалы своего времени: в семидесятые это были хиппи и интеллигенты, менявшие гитары на редкие советские издания Кафки, позже — геи и лесбиянки позднего СССР, тайно встречавшиеся у памятника Пушкину, чтобы потом направиться в общественные туалеты на площади Куйбышева и украдкой заняться сексом (Пушка до сих пор осталась местом свиданий лесбиянок), в нулевые это были эмо и готы, а в 2017-м — мы, которые были всеми сразу и, в сущности, никем. На Сипе пить было нельзя. И долго сидеть там было не очень приятно, потому что ходит полиция, но мы всё равно шли по традиции, существовавшей до нас. Мне рассказывали, что ещё несколько лет назад тут могли собирать сотни людей: анимешники, скейтер, альтернативные, вэдэвэшники со своими омовениями в фонтанах, но это закончилось. То же самое стало с Сампло — Самарской площадью. Чтобы скейтеры не катались перед Домом правительства, площадь уложили плитами, между ними — рубцы, и больше никто не мог кататься.

Но мы упорно шли на наши площади.

У Гарфилда был прикол — целоваться с Мутантом в трамваях и провоцировать гопников на драку. Зидан и Вольха любили рисовать под Rammstein и расписали портретами музыкантов целую комнату на заброшке — нашу комнату. Мутант выращивал в шкафу гидропонику в тайне от родителей, накуривался и читал Теренса Маккену, мечтая о психоделической революции, решал сопромат и проектировал двигатели летательных аппаратов, а меня просто все называли умным. Однажды, когда мы накурились, я им аутнулся и был счастлив, услышав от каждого «ок».

— Мы все тут странные, — сказала Зидан и показала вырезанную на руке звезду.

— Андрюх, будут проблемы — фирма приедет, — сказал Гарфилд.

— Ты не удивлён? — спросил я его.

— Ты нормальный, — ответил он.

И мы пошли курить дальше.

Моим первым сексуальным партнёром стал случайный парень с хорнета, который оказался будущим священником. Ему было двадцать семь, и он собирался принять сан, а мне было девятнадцать и хотелось просто лишиться девственности. Я сказал себе, что пойду к первому, кто напишет, и пусть будет что будет. Лишь бы сделать это однажды и больше этим не заниматься. Просто как поставить штамп в паспорте. Парень был нежен и аккуратен, а меня трясло и тошнило. Он делал минет, а мне было больно. И стоило нам закончить, пришла его мама с подругой и дачной рассадой.

Когда я ехал в маршрутке, мне казалось, что абсолютно все знают, чем я только что занимался. Я приехал в общагу, зашёл в душ и тёр себя мочалкой так долго, что кожа стала красной. Но через месяц я снова поехал к первому встречному, и мне всегда было больно и муторно. Мои парни писали снова и снова, но я никогда не отвечал тем, с кем однажды трахался.

Иногда мама звонила и говорила, что очень скучает. Иногда я приезжал в Тольятти, и она везла меня в ресторан — тот самый, за городом, в сторону Самары, который мы так любили раньше. Мы ели деликатесы до отвала, потом ехали закупаться одеждой в «Вегу» и полночи катались по ночному Тольятти. Нам было весело, и я видел, что она меня любит. Про друзей я ей не рассказывал. Я понимал, что она скажет что-то вроде «друзья нужны только перспективные». Сама друзей она никогда не имела. А я смотрел на неё и понимал, что, если бы она не застряла в броне из железобетона, она была бы очень прикольная, и мы очень похожи. Однажды я заплёл ей косы по всей голове, как у рейверши, а она сделала яркий макияж, и мы поехали кататься по ночному городу на большой скорости под радио «Рекорд». Она любила выезжать за город, включать радио и разгоняться. Нам было весело. Она говорила: в жизни нужно быть свободным и чувствовать драйв. А потом всё снова становилось обычно и душно.

Так продолжалось четыре года. А весной двадцать первого, в мой последний год в универе, мать уехала в деревню насовсем. И все эти годы были похожи на один долгий месяц.

В конце четвёртого курса я познакомился с Матвеем. Он зашел вместе с Лёшей Васильевым. Хотя был март, Мэт выглядел так, словно только что вернулся с пляжа: тёмные очки, жёлтые шорты с нарисованными акулами, белая майка и кепка с вышитой синей ёлкой, как у Диппера из «Гравити Фоллс». «Ты в туалете, что ли, переоделся?» — подумал я. Он не вписывался в пространство курилки — закопчённой комнаты с разрисованными кафельными стенами бывшего туалета. Леха курил, а Матвей — нет. Он посмотрел на меня, я — на него, и потом он вышел.

Вечером он поставил мне лайк в «ВКонтакте», а я ему. На аватарке — Матвей в тёмных очках, вскидывающий руки вверх на фоне ядерного взрыва. Оказалось, что мы оба на последнем курсе, ему двадцать два, а родной город — Голливуд.

Я написал Лёхе и спросил, откуда он знает Матвея, а Лёха ответил: «Я во второй раз понизился на курс, и он мой новый одногруппник». А ещё, что теперь они вместе живут в общаге.

Мы начали переписываться, и он сказал, что я похож на Тома Фелтона, который играл Драко Малфоя. «У тебя импортное лицо», — он сказал. Я сразу сообразил, что Матвей мечтатель не меньше, чем я. Выяснилось, что Мэт тоже из Тольятти, также случайно оказался в универе, но на инженерном факультете и просто хотел свалить от родителей, каких-то там сокращённых и стремительно беднеющих сотрудников АвтоВАЗа. Он ставил мне лайки и слал тиктоки с Леди Гагой, а я слал ему шуточные песни гей-скинхедов. Он не понимал, но смеялся.

МАТВЕЙ. 20.16. Сперва не узнал тебя)

МАТВЕЙ. 20.16. По аватарке.

АНДРЕЙ. 20.16. А, да, я тут нормкорный мальчик.

МАТВЕЙ. 20.16. Нашёл тебя в инсте, а ты не отвечаешь.

АНДРЕЙ. 20.16. Не видел че-то.

МАТВЕЙ. 20.16. Блин ну как.

МАТВЕЙ. 20.17. Во.

Матвей прислал скриншот из директа инстаграма, где он пишет Тому Фелтону: «Тимон, привет! Часто думаю о тебе и Эммке Уотсон. Нехорошая она женщина, хитрая. Разведёт и бросит. Братишка, приезжай к нам на Волгу. Шашлыки пожарим, видосы посмотрим. На речку сходим, почище вашей Темзы, вы там рек нормальных не видели в Лондоне. Плавки свои дам, не понравится на рынке купим тебе. Откромить тебя надо, твоя готовить не умеет. Манда худая. Или давай я к тебе, ты чисто на бенз закинь, пивасик с меня».

АНДРЕЙ. 20.18. АААААААААААА!

АНДРЕЙ. 20.18. Ну наконец мне напомнили, как меня звать.

АНДРЕЙ. 20.18. Почему ты так странно выглядел?

МАТВЕЙ. 20.18. Переоделся в толчке. Я шорты под штаны надел.

АНДРЕЙ. 20.18. Бля. Да. Я так и думал. Охуенно.

МАТВЕЙ. 20.18. Мне тоже нравится. Обыденное слишком пиздецовое.

МАТВЕЙ. 20.19. У тебя мем с Шульман!

АНДРЕЙ. 20.19. Ты её знаешь?

МАТВЕЙ. 20.19. Я думал, я один её знаю. Мне даже порносон с ней снился. Первый раз с женщиной.

МАТВЕЙ. 20.20. Типа мы сидим у меня в общаге на кровати и я ей говорю, что тупых надо штрафовать. Она: «Матвей, ты такой репрессивный». Я такой: «Простите, Катя, я не хотел вас репрессировать». А она такая: «Репрессируй меня, пожалуйста».

МАТВЕЙ. 20.20. И мы ложимся на кровать. Занавес.

МАТВЕЙ. 20.20. Раньше из политических мне только Путин на коне снился в детстве.

МАТВЕЙ. 20.20. Я ёбнутый, да?

АНДРЕЙ. 20.20. Извращенец.

АНДРЕЙ. 20.20. Прикольно.

АНДРЕЙ. 20.20. Голый путин всем раньше снился.

МАТВЕЙ. 20.20. Да, я извращенец, задрот и не стесняюсь.

МАТВЕЙ. 20.20. У тебя такие мощные ноги.

Матвей скинул фотографию, где я в шортах падаю на асфальт.

АНДРЕЙ. 20.21. От жизни бегать помогает. И с пар.

МАТВЕЙ. 20.21. Пошли гулять?

В тот вечер, двадцать седьмого марта, я пролистал все его фотки до 2012 года, а на следующий день мы пошли в ботсад. Мэт был в расстёгнутой дублёнке с шерстяным воротником, хаки-штанах, которую носят студенты с военной кафедры, и синтетической шапке-ушанке с прицепленным по центру значком СССР. Меня тронуло, как он пытается украшать свою бедность. Ровно так же я носил старые унисекс джинсы, которые мама когда-то привезла из Штатов, но не надевала, потому что они были велики, а ещё застиранные футболки, и думал, что я панк. Матвей что-то шутил, что куртку от Calvin Klein он подарил бомжу, а я сказал, что лук «батя» ему очень идёт и это русский гранж. Мэт сказал, что у нас тру гранж, потому что реально нет денег. Мы волновались, и я предложил купить пиво, как я всегда делал с парнями. Я не мог заниматься сексом трезвый. В «Перекрёстке» в «Руси» он взял «козла», я — полторашку «голды».

— Я угощаю, — сказал я и повёл его в хлебный отдел. Я огляделся, встал ближе к Матвею и сложил наши бутылки в свой рюкзак.

— Тут нет камер, — объяснил я.

— Хитро, — ответил он.

Мы двинули в ботсад, разговаривая про самую дикую музыку, которую мы слышали.

— Это называется копро-грайнд, — говорил он. — Солист поёт жопой в буквальном смысле. Их песни редко бывают дольше минуты. Видимо, дыхалки не хватает.

Я засмеялся.

По лбу меня погладила ветка ивы.

— Осторожно, деревья очень опасны, — сказал Матвей.

— Че? — переспросил я.

— Они пытаются захватить мир. Ты заметил, как стало много деревьев в городах? Подозрительно, правда? Выдавливают нас потихоньку. Сейчас правительство халатно пускает деревья в город, а завтра деревья выселяют нас из города. Мне кажется, даже наш мэр давно дерево. Кстати, будь осторожен, мне кажется, те три типа подозрительно на нас смотрят, — он показал на берёзы.

Я ничего не понимал, но мне нравилось смотреть, как двигаются его срастающиеся брови.

— Думаешь, почему я оглядываюсь? Думаю, не упадёт ли оно на тебя. Но я им устрою войну всех против всех по Гоббсу. Они только прикидываются миленькими. Теперь ты тоже знаешь правду. Ходи с зажигалкой — они боятся огня. И никогда не ставь ёлку на Новый год — с этого всё начинается.

Он говорил это с серьёзным лицом и поправлял очки.

— Ты под спайсом? — спрашиваю я, захлёбываясь смехом.

— Это я сейчас придумал. Но, вообще, я шизоид. Видишь, я в клетчатой рубашке? Все маньяки носили клетчатые рубашки.

Я вспомнил этот мем с жуткими лицами Чикатило и Пичушкина.

— Нах мы им нужны? — спросил я.

— Месть. За тысячи лет вырубки. Сегодня дерево стучит веткой в твоё окно, а завтра оно выселяет тебя из квартиры. Считаю, они должны жить в специально отведённых местах, типа в парках. Надо обнести их забором повыше, чтобы они не могли перепрыгнуть.

И потом он говорил что-то ещё про грядущую войну деревьев и фонарных столбов, но я не запомнил. Матвей всегда мог на ходу сочинить какой-нибудь псевдонаучный сюжет. Он говорил: это наука по Хитрюку. Доктор Хитрюк знает правду.

— Я буду документировать эту войну, — сказал я. Я хотел стать военным журналистом когда-то.

— Это же опасно.

— Ну, жить вообще опасно. Все умирают. Но можно с пользой. Я потом узнал, что всего два вуза выпускают военкоров, и все они военные. А я всё это не люблю.

— Я тоже. Хоть и хожу в хаки-штанах. Но это просто с военки осталось. Я её бросил.

— А нормальную журналистику я просто проебал.

— И что ты делал четыре года?

— Тратил время. А ты кем хотел стать?

— Да всякое.

— Не тушуйся. Всё ок.

— Я хотел стать врачом. Но это потому что я «Доктора Хауса» смотрел.

— Только поэтому?

— Не знаю, — ответил Матвей. — Это уже неважно. Все равно я уже почти инженер с дипломом.

— А я экономист. Правда, я купил диплом за двадцать тыщ.

— Бля, я тоже купил. Вчера предзащита была.

— И чё дальше? Придумал?

— Хуй знает.

— Я тоже. Ну в принципе в две тысячи двадцать первом году можно и тупо на вэбку дрочить. Грустный дроч на вэбку.

Матвей нахмурился:

— Блин. Ладно. О приятном. Я хотел стать реаниматологом, — говорил он. — Именно конкретно реаниматологом. Чтобы спасать людей. Я готовился поступать в мед, но потом мне родители типа: хочешь быть нищим? И я пошёл сюда, потому что все шли сюда.

— Так вот почему ты доктор.

— Да. Доктор всех наук. Это детское желание было. И ещё я комиксы хотел придумывать. Я просто обожаю комиксы и выдумывать хуйню. Но это совсем хрень.

— Это нормальное желание. Надо было делать что хочешь.

— Слушай. Меня в детстве укусил ядовитый фаланга. Вот сюда, — Матвей показал на колено. — Операцию делали. Так что теперь я Спайдермен. Он тоже спасает.

Ещё мы поняли, что мы рептилоиды. Мы вынуждены носить костюмы людей, скрывая своё истинное лицо. Много столетий назад наши предки с Нибиру заселились на Землю, и теперь мы не можем вернуться домой.

— Считаю, нужно организовывать партию, — сказал я. — Мы должны стать видимы и сказать, что мы тоже имеем права.

— Радикальную партию.

— Нас много в элитах. Но они тоже скрывают: Герман Греф, Николай Басков, Роналду… Жириновский!

— Нас называют монстрами. А мы такие же, как они!

— Только зелёные.

— У моей соседки отказались принимать роды, потому что она не живородящее.

— Меня не взяли работать массажистом, потому что я холодный.

— Фашисты. — Матвей потрогал меня за мизинец.

— За нас пойдут голосовать. Просто в знак протеста против ксенофобии.

— Я только что услышал слово «ксенофобия», — сказал Мэт.

— И что?

— Ты умный.

— Я смотрю Шульман.

— Я считаю это большим преимуществом для молодого мужчины.

Стало совсем холодно, и мы вылезли через дырку в заборе, которую я заприметил давно, пока бухал на заброшке. Мы взяли ещё пива, погрелись, съели по куску пиццы, и пока мы ели на фуд-корте, Матвей показывал мне какое-то видео, где серферы прыгали по волнам и падали.

— Бля, это больно, — сказал я.

— Это точно как в жизни, — ответил Матвей. — Я мультик сделал, — он закрыл ютуб. — Но он короткий. Ща.

На белом фоне схематично нарисованный человечек шёл и держался за голову. Она надувалась, лопалась, а потом отрастала новая.

Я посчитал хорошей идеей привести Мэта в сгоревший дом на Запорожской под названием Welcome to Hell. Мне казалось, что это похоже на сцену из фильма Грегга Араки — любого фильма Араки. Там всегда кто-то красивый, юный и не гетеронормативный в кого-то влюблён, слушает шугейз и шляется по Лос-Анджелесу в постапокалипсис. Матвей был похож на калифорнийца, но в шапке-ушанке, а я — на отброс общества. Удивительно, но Матвею, который слушал ретровейв и любил супергероев, нравилось слушать мои рассказы о конце света. Любой тольяттинский парень шарит в постапокалипсисе. Самара — это несостоявшийся Лос-Анджелес со своими гедонистами, бесконечными пляжами и силиконовыми долинами в виде заводов и технических вузов, а Тольятти — русский Детройт.

В этом доме пять лет назад сгорел подъезд. Он был весь чёрный со второго по четырнадцатый этаж. И на каждом из этажей разноцветными баллончиками было написано Welcome to Hell. Мы стояли ночью на балконе четырнадцатого этажа, держались за перила, целовались и дрочили друг другу, наслаждаясь опасностью. Матвей включил дарк-ремикс на Enjoy the Silence, и это было самое точное эстетическое решение. Потом я курил, держал Матвея за руку, в которую только что кончил, мы смотрели на чахлые панельки, пустой Парк молодёжи и заполняли его своими взглядами, полными свободы. Мы изобрели одну свободу на двоих, и это было впервые. И если бы кто-то смотрел на самый верхний балкон сгоревшего дома, он бы точно сказал, что мы крутые парни.

Мэт предложил меня проводить. Я стеснялся идти с ним к общаге и поэтому сказал, что это необязательно и не люблю все эти ритуалы. Мне казалось, будто все знают, чем мы занимались на Запорожской.

— Провожу, — настойчиво сказал он. — Я старомодный гей.

Глава 3

Матвей предложил погулять в центре, и я согласился. Мы встретились около третьего корпуса универа и пошли на маршрутку. Самара, как и всегда весной, была похожа на общепитовский тающий холодец — мало мяса и много соплей. Но мне это нравилось, потому что в душе я военный корреспондент и правдивость — критерий качества репортажа.

Матвей пришёл с опозданием и ссадиной на брови.

— Захожу я вчера в магазин, после того как погуляли. Ну типа купить лапшу, сока. Я не шикую, я вообще скромный. Захожу туда и смотрю: на кассе мужик хочет оплатить. И он типа тянется в карман за кошельком и такое ощущение, ну, что он хочет сделать что-то опасное. Он достаёт пистолет, просто направляет в кассира, типа… и такой: давай деньги сюда! Я говорю: стой! Он направляет на меня пистолет, стреляет, просто пуля летит вот так вот. — Матвей показал, как пуля разрезает кожу. — Я уклоняюсь, она чирит чуть-чуть, я перехватываю, кидаю в него, пуля попадает ему в руку, пистолет падает, он кричит! Приезжает полиция, вяжет его и говорит: если б не вы, полгорода погибло бы.

Матвей закончил и с довольным лицом посмотрел на меня.

— Ладно, я просто пизданулся об косяк.

— Я почти поверил.

— Но я ещё спасу этот город.

И мы двинулись в путь. Матвей устроил мне экскурсию по иностранной Самаре. Он показывал мне здания посольств разных стран, которые существовали в городе во время Второй мировой, и мы фантазировали, куда бы мы уехали, будь у нас деньги. Фаворитом обоих оказались Штаты. Ему нравились дома, и он знал всё про архитектуру и всякие тайны.

— Я нигде не был, — говорит Мэт. — Поэтому я хожу и мечтаю. Я был только в Анапе один раз и в Одессе в детстве, когда ездил к родне. Но я не помню почти. Помню только, что классно. А в Анапе мы никуда не ходили. Отец сидел в баре и говорил, что лучше бы остался на даче.

— Я был заграницей, но это было давно, — ответил я.

— Много где?

— Европа. Ещё год учил английский в Испании. Но не думай, что я его выучил.

Я спросил Матвея, откуда он столько знает о домах и иностранных миссиях. Он ответил, что однажды гулял с умным мужиком из галереи «Виктория», а потом читал Варламова.

— Я зануда. Нудный программист-анальник.

— Ты знаешь Вероничку Степанову?

— Конечно, — ответил он. — Она же королева анальников. Ну и, вообще, по психологии интересно. Самоанализ.

— Мать говорит, что они шарлатаны.

— Моя тоже. Как и все врачи. Поэтому ходит к гадалкам. Бесит.

— Эта страна выросла на экстрасенсах, чё ты хочешь.

Мне была безразлична архитектура. В городе меня интересовали только такие места, где можно весело провести время. Но мне нравилось, как увлечённо он рассказывает и пересочиняет этот самарский холодец из соплей. Мне приглянулось здание посольства Норвегии — готический особняк из тёмно-красного кирпича. Я сказал, что, если в России олигархов начнут раскулачивать, я захвачу этот дом и сделаю сквот.

Я попросил Матвея нарисовать маршрут, которым мы шли. Мне хотелось показать, что его старания для меня ценны.

— Чтобы ты потом водил мужиков? Это моя фишка, — сказал он.

— А ты думаешь, я буду водить мужиков?

— Надеюсь, что нет.

Мы дошли до площади Куйбышева, и кругосветка закончилась.

— Не хочешь в толчок? — спросил он.

— Го, — сказал я.

Мы спустились в туалет, который находится под землёй, и, вместо того чтобы ссать, целовались. Матвей рассказал, что в советские времена это место называли «голубым сквериком», потому что тут тайно встречались геи, и на самом деле иронично, что время идёт, а история повторяется: мы всё ещё прячемся под землю, чтобы подержаться за руки. Роем норы в бетоне.

Я подумал, что с нами получилась бы неплохая ретро-фотография: Матвей в батиной куртке и ушанке красиво смотрелся на фоне советского кафеля. Я читал, что где-то в Берлине находится мемориал гомосексуалам — жертвам Холокоста, и что это большой серый камень, в нем прорублено крохотное окошко, а внутри черно-белый телевизор, который показывает двух целующихся мужчин. Они вечно целуются в этом маленьком черно-белом окошке, в этом большом сером камне, спрятанном от людей в большом парке. И если бы в России сделали мемориал гомосексуалам — жертвам репрессий, он находился бы тут — в подземном обоссанном туалете на площади Куйбышева, самой большой площади Европы, как говорят все экскурсоводы.

Я сфотографировал Матвея на телефон и наложил фильтр. Матвею понравилось. Он выложил фотографию в инстаграм с подписью «красноармеец в подполье». Я спросил, почему у него всего три фотографии. Он сказал: надо выкладывать хорошее. Я сказал: надо выкладывать что есть.

Мы спустились к Волге. Начинался ледоход, и белое поле реки раскалывалось на острова. Я пошёл бегать по льдинам. Матвей остался на берегу, хотя я его очень звал прыгать со мной. Я представлял, что это трескается земная кора, а не лёд и что вода — это лава. И я всё же задел ботинком воду, и нога стала ледяной.

— Дурачок, — сказал Матвей.

— Я люблю рисковать.

— Я заметил.

— Было весело. Но теперь у меня отмёрзнет нога.

Мне было холодно, и хотелось есть, потому что я не завтракал. Матвей предложил дойти до KFC на Ленинградской и погреться. Я сказал, что у меня нет денег, а он ответил: я угощаю.

— Не хочу, чтобы ты потерял ногу. Знаешь, что я делаю, когда кончается кэш? Сдаю кровь за деньги. И хожу в «кефас». Я ещё хочу донором спермы попробовать.

— Ты буквально продаёшь своё тело, — сказал я.

— Норм. Во мне много крови.

В нем действительно много мяса и крови. Он крепкий и румяный. Я спросил, не занимался ли он спортом, он сказал «всем подряд, лишь бы потеть побольше». Я спросил «зачем», а он ответил «чтоб отпиздить батю». Я подумал, что это шутка, но он сказал очень серьёзно.

Чтобы снять напряжение, я вспомнил серию из «Счастливы вместе», в которой Гена Букин стал донором. Я не любил этот сериал. Он шёл в одной эфирной сетке с «Камеди клабом», в котором всё время шутили про пидарасов. Но мне не пришло в голову ничего лучше, чем вспомнить этот сериал. Оказалось, что Матвея веселят «Счастливы вместе», особенно мама.

Мы надели маски, зашли в KFC, показали QR-коды, и Матвей очень долго выбирал купон в приложении. Я думал, как один человек может быть таким увлекательным и занудным одновременно. Но это занудство определённо было моим фетишем.

Я решил спросить Матвея, были ли у него парни. Он сказал, что ходил на секс и несколько раз пробовал встречаться, но все быстро заканчивалось. Я ответил, что вообще никогда не мутил и секс мне был неприятен.

— Было такое, — ответил он.

— Я вообще не люблю, когда меня трогают.

— Почему?

— Вдруг отпиздят?

— Я не отпизжу.

— Я знаю.

Я рассказал ему, как однажды открылся перед матерью и компанией. Он сказал, что о нём знают только трое друзей и что я очень смелый. Я рассказал про случай с флэшкой, когда класс увидел всё моё порно, а он рассказал, что сам делал порно с одноклассниками.

— Я прифотошопливал их лица к актёрам. Ещё приделывал головы училок.

— Ты злой мальчик.

— Может. Но меня буллили.

— Понимаю. И чем кончилось?

— Я узнал, что у меня тяжёлая рука.

Мне захотелось немедленно сделать что-то прикольное. Очень сильно захотелось какой-то диверсии, но я не придумал ничего, что не выглядело бы дико.

— Ты снова улыбаешься, как Том Фелтон, — сказал он.

— Некрасиво? — спросил я.

— Наоборот. Горячий парень, — ответил он.

Матвей сидел с широко расставленными ногами, смотрел на меня и улыбался. Мне кажется, он снова представлял, как меня трахает, потому что мы хотели секса все время.

Нога согрелась, и я предложил своровать маленькую бутылку водки, налить её в стакан из-под колы и пить, сидя на Ленинградской. Матвей согласился, и мы немедленно это сделали. Я курил одну за другой, мы болтали и несколько раз ныряли обратно в торговый центр, чтобы сходить в туалет и взять ещё бухла. Щёки и нос Матвея стали ярко-розовыми.

— Какой у тебя длинный нос, — сказал я.

— В смысле?

— А, прости. Мне в смысле нравится. Я залипаю на деталях. Я люблю особенности.

— Мне говорили, что у меня нос как хуй.

Я представил секс при помощи носа и засмеялся.

— А у тебя аккуратный. Чётко ровный. А у меня это… как у Альфа, хотя я украинец, а не инопланетянин. Ну, по бате.

— Так что там с батей? — спросил я, уже осмелевший для таких вопросов.

— Это шутка.

— Это не шутка, я вижу.

— Не хочу рассказывать.

— Мэт, я рассказал тебе самый стыдный момент моей жизни. Как мне ещё показать, что ты можешь доверять?

— Ну, батя много бухает.

— Бутылка водки в день? — поинтересовался я, чтобы прикинуть, не алкоголик ли я.

— Ну, это только в первой половине дня, — ответил он.

Матвей рассказывал, как однажды отец сломал ему руку, и теперь она щёлкает, когда он её сгибает. Он рассказывал, как они с мамой прятались в ванной, как убегали ночью из дома и спали на лавке, и у неё текла кровь из лба, и он её вытирал рукавом. Как потом мама всегда возвращалась и говорила, что папа хороший. Как Матвей мечтал, что вырастет, станет сильным и что он очень хочет не быть, как отец, поэтому не любит эту отцовскую дублёнку, но другой куртки у него нет, и он вынужден в ней ходить — в этой батиной коже.

— Я приезжаю в Тольятти, только чтобы увидеться с мамой. И поесть нормально. Она хорошая, но жить с батей пиздец. Два раза я его бил. И мне стыдно за это. Потому что он угрожал убить маму. Он ходил с ножом и говорил, что убьёт её, если она выйдет из дома, потому что типа она изменяет. Но бить алкаша нетрудно, у него уже ничё не работает, и он потом успокаивается. Меня бесит, он сидит у телика, смотрит Соловьёва и… такой… что надо всех мочить, потому что все пидарасы. Но его даже племянница восьмилетняя обзывает. Но я не такой, меня трясёт потом. И он ещё… он ещё обзывается сильно. Ты… ты вообще никто, ты выродок, ты не мой сын.

— Мне тоже мать так говорила. И била.

— Он просто начинает говорить, что я ему никто. А я прям не могу это слышать. Лучше бы он назвал меня пидором, чем это. Но мне похуй. Я нытик, да? Мне просто стыдно всё это.

— Это ему должно быть стыдно.

— Но стыдно мне. Ладно, это просто семейная хуйня. Не бедствие.

— Да, не миллионы смертей от ковида.

— Ковид хуйня, — сказал Мэт. — Чего бы похуже не было. Ядерная война, например.

— Ой, это вот всё про войну — это просто телек рассказывает. Не будет ничё, двадцать первый век.

— Я не уверен. — Мэт потянул из трубочки.

— Шульман сказала: «Ничего этого не будет!»

— Так. Ладно. Это тупо.

— Да почему тупо?

— Ты реагируешь так, будто это тупо.

— Чё я такого говорю?

Мэт замолчал и вытер ладонью губы:

— Ничего. Прости. Я хуйню говорю. Это в моей голове происходит.

— Зачем ты так переживаешь выглядеть тупо?

— Не знаю.

— Матвей, если бы мы не сидели на улице, я бы тебя обнял.

И тогда Матвей положил руку мне на плечо.

— Ебать я пьяный, тащи меня домой.

— Ты изображаешь.

— Да. Чтобы люди не поняли, что я тебя лапаю.

— Тебя, короче, надо напаивать, чтобы ты был душевным.

— А так нет?

— А так не знаю.

Мы не могли больше гулять, потому что моя нога снова заледенела. Мы решили поехать домой. Матвей был настолько пьяный, что, пока мы ехали в двадцать третьем от сквера Высоцкого, рассказал, как влюбился в репетитора по русскому и каждый день, направляясь из школы домой, проходил возле его дома и просто стоял. Через год он узнал, что репетитор женился, и тогда Матвей перестал к нему ходить. Я сказал, что Матвей романтик, а он сказал своё обычное: я шизоид.

Когда мы доехали до общаги, я понял, что не могу не блевать. Я стал делать это прямо на остановке.

— Ты так интеллигентно блюёшь, — сказал он.

— Эт как? — спрашиваю.

— Не знаю.

— Всё, пока, я в общу.

— Вообще-то я хотел тебя проводить. Как всегда.

И он тупо меня тащил до общаги.

И всю весну мы виделись почти каждый день.

Трахаться мы могли редко. Иногда на выходные мы уезжали ко мне в Тольятти — в марте мать окончательно уехала к бабушке в деревню. Она уехала на своей Toyota Camry — своём неприкосновенном сокровище. Я спрашивал, почему она не хочет продать машину. Она отвечала: «В деревне без машины никак». «Зачем в деревне „Тойота"»? — я спрашивал. «Андрей, я свою красавицу не отдам», — отвечала она.

И я представлял, как машина скребёт чернозём позолочённым днищем, как щебень стучится в салон кузова и царапает краску, и мама подпрыгивает по буграм к бабушкиным сараям и шиферному забору, машина садится в высокую траву, а мама щелкает ключами, падает в просиженное кресло в хорошей одежде, смотрит в окно и стережёт любимую.

Когда мы с Матвеем приезжали ко мне, мы бесились и смотрели мультики. Засыпали мы под «Гравити фоллз». Я сказал, что мечтаю жить в «Гравити», и Матвей сказал, что тоже хочет.

— У тебя большая квартира, — говорил он.

— И счета. Она в ипотеку.

— Наша маленькая. Но тоже в ипотеку.

Матвей починил мне ящик в столе, а я кормил его машевым супом, лагманом и всем остальным, что ел с детства. Матвей становился счастливым и говорил «бак заполнен». Я говорил, что правильно говорить «рахмат», это переводится как «спасибо», и Матвей говорил. Матвей спрашивал, почему я умею так хорошо готовить, а я говорил, что меня научила мама и я часто оставался один. Я ездил на крытый рынок и покупал всё необходимое. Всё, кроме баранины, было дёшево и вкусно. Мы питались очень недорого, потому что все деньги я потратил на диплом, а новых не заработал. А ещё Матвею нравилось, как я точу нож о камень. Я пытался его научить, но у него не получилось, и он психанул.

Обычно азиатская еда кажется русским слишком пряной, но Матвею нравилось.

— Я никогда не пробовал маш.

— В России никто не знает вкусные продукты.

— Но ты же родился в России.

— Мы с тобой другая Россия.

Иногда мы гуляли с Лёхой Васильевым, который тоже был родом из Тольятти. Лёху он обожал. Остальных моих друзей он не очень любил, они жили в чуждой ему эстетике. Матвей жил в мысленной Калифорнии, а они — в промзонах Металлурга и чем-то таким из Стругацких, от чего он хотел сбежать. Он не захотел войти в моё племя.

У Матвея было трое друзей — одногруппница Лена, одна из немногих, кому он открылся до знакомства со мной, анимешник Рахат, с которым Матвей играл в баскетбол, и Тёма Репин — гей-тусовщик с большими ярко-зелёными линзами и манией покупать дешёвую одежду. Матвей честно сказал, что с Темой они познакомились в хорнете, но стали дружить и что Матвей общается с ним только из-за вещей, которые Репин ему дарит. Матвей дарил мне футболки и трусы Репина, а я их не надевал. И Репин, и Рахат, и Лена будто отыгрывали счастливый ситком про друзей, где все просто живут красиво, как «Секс в большом городе».

Мы ходили по торговым центрам — «Парк Хаусу» или «Космопорту» и обсуждали вещи. Я слишком много обсуждал вещи, чтобы мне было интересно, поэтому мне хотелось обсуждать идеи. Лена была добрая, прямолинейная и нравилась мне больше остальных, хотя и задавала наивные вопросы, например, кто из нас «девочка» и почему мы «решили» стать геями.

— Если бы Матвей не сказал, я бы не догадалась, — говорила она как комплимент.

— А если бы догадалась, то что плохого? — спрашивал я.

— Ну не знаю, он нормальный, — неловко отвечала Лена.

Я пересказывал ей научно-популярный ютуб: «Специфическая гей-культура — это результат геттоизации» или «Гомофобия в России — результат навязанной пропагандой тюремной этики». Потом я увлечённо рассказывал всё, что знаю, но со мной никто не мог поддержать разговор, и минут через пять я замолкал, чувствуя вину перед Матвеем, потому что после моих монологов он общался с друзьями с таким напряжением, что я ощущал его кожей, как колючую водолазку. Его злость и печаль всегда тяжёлые, как заводской воздух. Матвей не любил брать меня с ними гулять.

— Мне кажется, они глупые, — сказал однажды Матвей. — Поэтому я с ними дружу. И ещё выгода.

Однажды мы были у Репина дома. Он жил один в бабушкиной однокомнатной квартире, и абсолютно всё было завалено одеждой. Он держал нескольких кошек, они линяли и ссали, и было ощущение, что бабушка переродилась во внука. Мы были недолго — я попросил Матвея уйти.

— Зачем он носит эти глупые линзы? У него и так глупые глаза, — говорил я Мэту на остановке.

— Не знаю. Я не знал, что он такой странный.

— Он не странный, он ёбнутый. И он говорит инверсиями. Всегда. Без исключения. Как бабка из деревни. Типа «штаны купил я»?

— Понял.

— Короче, он меня бесит.

— Он тебя бесит так же, как меня твои друзья. Прости.

Из всех моих друзей Матвею нравился Лёха Васильев, и они правда были похожи эстетическим восприятием мира. У них сразу завязался броманс, и Лёха скорее стал другом Матвея, чем моим. Мне нравилось ездить с Матвеем к Лехе в Подстепки, в эти русские прерии. Я ощущал себя ковбоем. Мы зависали в подвале Лёхиного частного дома — там была репбаза его группы. Они с Лёхой, не затыкаясь, обсуждали всякие группы, а я просто сидел на одном из многочисленных ковров и пытался не отсвечивать.

— Ты умеешь, — сказал Матвею Леха, когда тот попробовал поиграть на гитаре.

— Я в музыкалке учился, — ответил он.

— Ты закончил музыкалку? — спросил я.

— Не. Я учился в музыкалке. Бросил в последний год.

— На кого?

— Баянист.

Я представил Матвея с баяном, но скрыл улыбку.

— Ну, блин, жалко, что бросил, — сказал я.

Матвей наиграл припев группы СБПЧ: «Всё, что может провалиться — проваливается. Наша идея была про-ва-лом!!»

— Давайте запишем песню, — сказал я. — Типа я щас прям могу сочинить что-то. Текст. Ну чё-нить ультратупое.

— Типа чё? — спросил Матвей.

— Ну ты там рассказывал, как рептилоиды там… Короче, напишем песню, как рептилоиды прилетают и дают пизды Владимиру Соловьёву. Бля, я так мечтаю дать пизды Соловьёву!

— Разъёб. Мне нравится, — сказал Леха.

— Тут звук плохой, — ответил Матвей.

— Какая разница? Это чисто нам так поржать и в контик залить, — сказал я.

— Не, я так не готов, — ответил Матвей.

— Это фан.

— Я не хочу стать одним из тех чуваков, про которых пишет «Медуза».

— Зато мы хоть кем-то станем.

— Потом.

В моей голове возник счётчик Судного дня до момента, когда я защищу диплом и за неимением ничего буду вынужден уехать к матери.

Мы немного позависали, и папа Лёхи принёс нам чай и что-то похавать, и я тайно злился, что у меня нет такого отца, как у Лёхи. Я был счастлив в этом доме, ведь здесь, в подвале дома чужой семьи, я мог представлять себя своим. А потом мы шли пить колу в темнеющую степь.

Матвей любил музыку и часто её включал, причём подбирал очень точно, из-за чего я чувствовал себя в кино. Ещё он очень любил грустить.

Весна была ранняя, быстро сошёл снег, и в конце апреля уже было тепло. Когда мы стояли в поле, он включил midwest-emo группу American football. Я сказал ему:

— Мы будто в Штатах. На Среднем Западе.

— Мы и есть на Среднем Западе. Только России.

— Но здесь никогда не жили чероки. Только какие-нибудь печенеги. Татищев писал, что это дикое поле. Неясно, зачем вообще здесь сделали город.

— Чтобы мы в нем залипли, — ответил Матвей.

— Хочу уехать в Штаты, угнать пикап, украсть дробовик, ездить по Аризоне и грабить реднеков.

Матвей ухмыльнулся.

— Наивно.

— Ну это же просто… Так, просто…

— Мило.

— Чё с тобой опять началось?

— Ничё. Мы просто в Тольятти.

Я не любил, когда в калифорнийце Мэте мерцала русская тоска.

— Бля, я готов стать кем угодно, лишь бы уже кем-то стать, — говорю. — Как думаешь, а Леха не би?

— Би не би, поймал — еби, — ответил Матвей и потрогал мой мизинец своим.

— Хочу звать это место долиной Чероки.

— Схороните моё сердце у Вундед-Ни, — сказал Матвей.

— Красиво звучит.

— Есть такой фильм. Про индейцев Северной Америки. Там ещё Соки играла из «Настоящей крови».

— И что там было?

— Они боролись за себя и умерли, — заключил Матвей.

Мы ещё недолго постояли в траве и отправились на последнюю маршрутку в Самару. Мэт уснул у меня на плече, а я сделал вид, что тоже сплю и не замечаю.

Уже ночью, разойдясь по общагам, я написал ему «ВКонтакте»:

АНДРЕЙ. 02.23. Спишь?

МАТВЕЙ. 02.23. Нет.

На меня с аватарки смотрел спецназовец в розовой толстовке с надписью «USA Army» и в краповом берете. С ним здоровались однополчане, а он растерянно смотрел в сторону, будто не понимая, что происходит и почему они не в розовом.

АНДРЕЙ. 02.23. Чё делаешь?

МАТВЕЙ. 02.24. Ничё. Ебу себя. Не могу уснуть. Утром зачёт.

АНДРЕЙ. 02.24. Говно. Ну, зачёт ерунда, не экзамен.

МАТВЕЙ. 02.24. Блин. Зря я военку бросил. Я её ненавидел.

АНДРЕЙ. 02.24. Зря я вообще на неё не пошёл. Теперь надо будет думать, как бегать от государства.

АНДРЕЙ. 02.24. Но если ядерная война, тебя зато не отправят воевать с Америкой.

МАТВЕЙ. 02.24.)))

АНДРЕЙ. 02.24. Я стихотворение написал. И там есть про тебя.

МАТВЕЙ. 02.24. Оу. Круто.

МАТВЕЙ. 02.24. Я где-то есть.

АНДРЕЙ. 02.24. Типа ищу себя. Зацени.

АНДРЕЙ. 02.24. ОЛДСПАЙС

Моя подушка в общаге пахнет «Олдспайсом»

молодым мужиком

и пивом

спизженным в «Перекрёстке».

Раньше она пахла сыростью и дешёвой хлоркой.

Любой другой молодой мужик

потом

будет как я спать на нарах лучшего вуза Богом Хранимой

тереть ладошку об казённые простыни

вспоминать как из Библии любимые сценки с «Порнхаба»

дрочить и думать

как побыстрей бы это закончить.

Порошок стоит у стенки «Би Макс»

би не би поймал еби

такая вот радость

нахуя и зачем

как сказал мой любимый бой.

Любой молодой российский мужик

пахнет надеждой и сырой землёй

и горячей лампой накаливания

об неё прикуривают в тюрьме

встают на табуретку

ждут

и однажды всё получается.

Любой российский мужик родился в тюрьме

и с детства он смотрит на лампу накаливания

и понимает

что лампы накаливания сильно проигрывают аргоновым

что они существенно хуже

но в целом это как бы неважно.

Он спускает пар

ладится на бок

и про себя повторяет смешные заветы отцов

любимые сцены из «Камеди клаба»

пахнет «Олдспайсом»

спизженным криминальным

и наверное так и положено

и наверное так и нужно.

Андрей смотрит на лампочку.

МАТВЕЙ. 02.25. У меня в голове зазвучал бит «Кровостока». Мощно. Про меня.

АНДРЕЙ. 02.26. Да, про тебя.

МАТВЕЙ. 02.26. Я не понял про лампы.

АНДРЕЙ. 02.26. Я тоже.

МАТВЕЙ. 02.26. Ты талантливый.

МАТВЕЙ. 02.26. Стоп.

МАТВЕЙ. 02.26. Ты дрочишь в кровати общаги?

АНДРЕЙ. 02.27. Соседи съебались на родину.

МАТВЕЙ. 02.27. Кулачное право дрочки. Дрочить — это святое. Нам нужны специальные дрочильные комнаты.

АНДРЕЙ. 02.27. Со специально обученными волонтёрами.

МАТВЕЙ. 02.27. Не. Это уже блядство.

АНДРЕЙ. 02.27. Но можно было бы. Экстренная сексуальная помощь.

МАТВЕЙ. 02.27. Кто бы мне подрочил.

АНДРЕЙ. 02.27. Я.

МАТВЕЙ. 02.27. Ты назвал меня своим боем. Мне приятно. Не так грустно.

АНДРЕЙ. 02.27. Почему тебе грустно?

МАТВЕЙ. 02.28. (мем с Леонардо ДиКаприо в фильме «Джанго освобождённый» и подписью «А хуй его знает?»).

МАТВЕЙ. 02.29.

Стипуху задерживают. Людей на митингах задерживают. Вахтерши на вахте задерживают. Преподаватели после пары задерживают. Друзья возврат долгов задерживают. Конец пандемии задерживают. Будущее задерживают.

Я опубликовал стихотворение на странице. На следующий день он написал мне.

МАТВЕЙ. 10.28. Андрей?

АНДРЕЙ. 10.28. Тут.

МАТВЕЙ. 10.29. Я хочу кое-что сказать.

АНДРЕЙ. 10.29. Говори.

МАТВЕЙ. 10.29. ᏲᎷᏮᎷ ᎠᏲᏍᏲ

МАТВЕЙ. 10.29. Это слоговая азбука чероки.

МАТВЕЙ. 10.29. Не могу прямо сказать. Открой википедию.

МАТВЕЙ. 10.29. Эта идея пришла мне в долине Чероки.

Я открыл статью про азбуку чероки и расшифровал, что там написано «Я лудлу Андэя». Я ответил «ᏲᎷᏮᎷ ᎤᏪᏲ» — «Я лудлу Матэвэя». Он поставил это в статус, я тоже.

МАТВЕЙ. 10.45. Блин. Ты опубликовал.

АНДРЕЙ. 10.45. А что?

МАТВЕЙ. 10.45. Ты в курсе, что наши соцсети проверяют?

МАТВЕЙ. 10.45 И потом шьют экстремизм.

МАТВЕЙ.10.45. И наших отчисляют, если они говорят, что им что-то не нравится?

МАТВЕЙ. 10.45. Удали текст. Он хороший, но нет. Накликаешь.

МАТВЕЙ. 10.45. Универы стали казармой.

АНДРЕЙ. 10.46. Оставлю. Ты преувеличиваешь страхи.

АНДРЕЙ. 10.46. Это моя страница. Там нет ничего такого.

МАТВЕЙ. 10.46. Как знаешь.

МАТВЕЙ. 10.46. Если тебя посадят, я буду сдавать кровь и приносить тебе KFC.

АНДРЕЙ. 10.46. Не болтай.

МАТВЕЙ. 10.46. Лан. Не думай что я трус.

МАТВЕЙ. 10.46. Я просто реально переживаю.

Глава 4

Мать наказала мне приезжать каждые свободные дни в Тольятти и продавать наше имущество. Таких дней было много, потому что учёба почти закончилась. Мэт тоже много времени проводил в Тольятти, потому что так нам было дешевле.

Лишь однажды Матвей пригласил меня к себе домой. Я сказал, что принесу ему книжку Нила Геймана, и сказал, что он очень классный автор и должен ему понравиться.

— Хорошо, — сказал Матвей, — а я покажу тебе сковородку из чайника.

Он разобрал электрический чайник, который треснул и протекал, присоединил ручку с выключателем ко дну, и по нажатию кнопки «сковородка» начинала нагреваться. Я попробовал пожарить на ней яйцо, но оно сгорело за десять секунд. Матвей расстроился и сказал, что, как всегда, сделал бесполезную хрень, а я удивился тому, как он вообще до этого додумался. Мне снова захотелось сделать что-то прикольное. Я увидел отрезанный верх железного чайника с открытой верхней крышкой, поставил его на голову Матвея, как корону, и, поддерживая обрезку рукой, сказал:

— Это корона. Мэт, нарекаю тебя королём Калифорнии, долины Чероки и административного округа города Тольятти.

— Блин, режет.

Чайник упал с головы, Мэт потёр лоб.

— Колючка-ебучка, — сказал он.

— Почему ты меня не зовёшь? — спросил я его.

— Мне стыдно, — ответил он. — Я никогда не водил друзей домой.

Родители Матвея раньше работали инженерами на Авто-ВАЗе, но несколько лет назад отца сократили, а мать перевели на полставки. Я представил, как она приходит с работы в обед, готовит простую русскую еду, потом садится в аккуратно подобранной одежде на белый обсыпавшийся диван из перламутрового кожзама, отдыхает полчасика, смотрит «Великолепный век», представляет себя царицей Хюррем, наслаждается шёлком, золотом, красотой далёкой империи, а потом уходит на вторую работу в ночной магазин. И как отец сидит на маленькой кухне, пьёт и тоже смотрит свой маленький телевизор. У мамы золото, а у папы очередная война и все против нас. Смотрит и злится. Пьёт и ругает Америку. Представляет себя сильной рукой. Питается водкой и злостью. Наливает богу войну. Он одерживает очередную победу и ищет вторую бутылку. Матвей сидит в своей комнате и забивает звуки войны меланхоличными инди-рокерами, сочинёнными где-то в Америке на тёплых равнинах Среднего Запада. И каждый живёт в своей сочинённой стране.

— Я надеюсь, он не вернётся пока, — сказал Матвей.

Но отец всё же вернулся. Пришёл и стало тесно. Я удивился тому, как они с Матвеем похожи: глаза, брови, нос. Но Матвей высокий и концентрированный, а отец почти лысый, с раздутым животом и тонкими руками. Отец пахнет скисшим потом и алкашкой, а Матвей опрятен, как люди в рекламе IKEA. Кожа отца будто вывернутая наизнанку, она тёмная, как его больное мясо, покрытая капиллярами, как та ненавистная Матвеем куртка покрыта трещинами и загибами. А Матвей розовый, и на нем нет загибов — только розовые прыщи на розовой коже. Но он всё ещё надевает эту старую коричневую отцовскую кожу, чтобы спасаться от острого холода наших мест, потому что другой нет. И ненавидит её. Когда отец зашёл на кухню, Матвей сразу встал передо мной, будто готовясь защищать. Отец подошёл к столу и без стакана выпил из чайника воды.

— Не пей из чайника, — сказал Матвей.

— Заебал меня, — прошептал он. — Добрый день, — сказал он мне неожиданно интеллигентно.

Я протянул руку. Отец слишком крепко пожал её. Держал и не отпускал. Когда я попытался убрать руку, он сжал её ещё сильнее и внимательно посмотрел мне в глаза, будто пытался что-то разгадать.

— Иди в комнату, — сказал Матвей отцу.

— Друг. Да? Дружок, — сказал мне отец Матвея. — Вот если чё, тебя первым уебут.

— Пап, съебись нахуй!

Матвей стал выталкивать отца с кухни и тот протащил меня за собой на полметра, потом закрыл дверь и выключил сковородку из розетки. Отец вываливался в коридор и вытирал правую руку о штанину. Матвей включил воду и стал мыть руки средством для посуды.

— Пойдём погуляем, — сказал он.

— Ага.

— Вымой руку тоже, — сказал он. — Он по помойкам лазит.

Я послушался и подставил ладони, чтобы Мэт выдавил мне средство для посуды.

Мы быстро зашли в комнату Матвея, чтобы он взял рюкзак. Там был угловой книжный стеллаж цвета ольхи с энциклопедиями, фигурками из киндер-сюрпризов и там же — маленькая икона. На столе, придвинутом к шкафу, был идеальный порядок. Постель заправлена бледным застиранным бельём, на котором нарисованы иероглифы, и подушка стояла углом. В комнате пахло носками, хотя их нигде не было видно, и бытовой химией с запахом земляники. Его комната очень напоминала мою комнату в детстве, только беднее, и у меня всегда срач, а у него всё стремится к стерильности. Я пригляделся и всё же нашёл грязь: на книжной полке около стола была стопка немытых тарелок и не меньше пяти кружек. Я представил, как Мэт выползает из комнаты, накладывает поесть и снова садится за комп.

— У тебя всегда так? — спросил я.

— В смысле?

— Стерильно.

— Бардак. Только полы мытые.

Перед выходом он беззвучно стукнул пальцем по косяку три раза и положил фигу в карман куртки. И потом я часто буду видеть его ритуалы. Я тоже защищаюсь — всегда надеваю один носок задом наперёд и объясняю это своей неопрятностью, а ещё боюсь порядка, потому что статичность будто бывает лишь там, где нет живых, например в мавзолее.

Когда мы вышли на улицу, я ощутил лёгкость, как когда из бани выходишь на холод.

— Из всех достижений у него только служба в армии, — говорил Матвей. — Ненавижу армию.

Мы шли к моему дому через спортивную площадку пятьдесят первого лицея. Матвей остановился около турника, сказал «смотри чё покажу», снял очки, бомбер футболиста и сделал подъём с переворотом. Я сказал, что это очень круто, а он напряг правый бицепс и поцеловал. Мэт был похож на одинокого странного спортсмена из старших классов, а я на того хулигана, который сбежал из дома, торгует наркотиками, носит оверсайз, потому что худой, и так давно не появлялся в школе, что все думают, что он умер. И сейчас мы вместе прогуливаем занятия, потому что с нормисами нам скучно.

Мы решили посмотреть, кто сможет больше раз подтянуться. Я смог шесть, он — семнадцать. Я почувствовал зависть.

— Раньше больше. Я поправился, — сказал он и пощупал жир на животе через белую футболку. — Заедаю стресс.

Я хотел сказать, что мне очень нравится его живот, но промолчал.

Матвей говорил про отца: «Он пьёт, потому что не может умереть». Я думал, что это очень точно. «Я с тобой, у тебя чувствую себя дома больше, чем тут», — добавил он, а я сказал, что мой дом — вовсе не мой.

Я подумал о своём отце и что я о нем знаю. Моё единственно воспоминание с ним совпадает с первым воспоминанием о Самаре.

Мы поехали в «мак» после первой встречи с отцом.
Тем летом мне только исполнилось пять
и «Макдональдс» я видел только в Европе.
В Самаре Струковский, на́ба, сампло́
но только «Макдональдс»
запомнился как красивый.
Отец живёт где-то за городом
в грязной деревне где домики опустилися в землю
домики ниже земли.
Мы ехали из Тольятти нас вёз
мамин шофёр
его звали Игорь как и отца.
Его имя переводится как «удачливый».
Он улыбчивый и весёлый
как и отец
по рассказам мамы.
Он добрый и сильный
как я не знаю.
Игорь похож на Михаила Пореченкова
агента нацбезопасности из телевизора.
Я так подумал.
И дома я пялился в зеркало

пытаясь найти с ними что-то похожее
но не нашёл ничего.
До сих пор не нашёл ничего.
Я выхожу из машины и говорю:
Игорь
куда мы приехали?
Он говорит: к бабе Яге.
А я говорю что её не бывает.
И вот он выходит
не помню как вышел
не помню на кого он похож
он тащит меня по длинному склону к реке
прозрачной рукой алкоголика
и говорит: это мой сын.
А мать отвечает: с чего же ты взял?
И мне оказалось неважно
и всё ещё очень неважно
что мы больше ни разу не виделись.
Настолько что синий раз в год я звоню в МЧС говорю:
здравствуйте у меня потерялся отец он наверное пьяный
    найдите его.
Меня спрашиваю что с ним случилось и почему
его надо найти.
А я теряюсь
не знаю
и отвечаю:
потому что его зовут Игорь и это моё любимое имя.
Потом я сам переехал в Самару
прожил тут сколько-то лет
и ни разу его не искал
по домам опустившимся в землю.
Мне кажется он уже умер
и он точно не суперагент
агенты высокие крепкие сильные

а его руки такие прозрачные
что кажется что их нет.

— У тебя красивый отец, наверное, был, — сказал я. — Хоть
и…

Матвей посмотрел на меня, как на идиота, а я подумал, что
ровно поэтому он не понимает собственной привлекательности.

— Сегодня мне пришлось с ним говорить. — Мэт поправил
очки. — Он рассказывал, что хохлы-проститутки уже охуели
и всегда были продажными. Я сказал, что мы тоже хохлы. Он
сказал: уже нет. Это, блядь, как?

— Божечки.

— Это, пиздец, бесит. У них полная подмена реальности. Он
говорит, что пидарасы усыновляют детей, чтобы насиловать.
Я спрашиваю: ты хоть одного гея лично знаешь? Он сказал: узнал бы — убил. Я хотел сказать: на меня посмотри. Блядь, как
мне хотелось щёлкнуть ему.

— Мне мать говорила, что я стал геем, потому что в детстве
увидел целующихся мужчин в Испании. А ещё потому что
у меня были длинные волосы.

— Если гетерастия такая хрупкая, что по любой хуйне лома-
ется, то нахрен она нужна?

— Ну вот я тоже думаю. Я просто не понимаю, почему у них
в голове не складывается два плюс два. Что так невозможно.
Если бы ты мог не быть геем, ты бы не был?

— Конечно, не был. Но так вышло. Но у меня хороший бой
так-то, мне повезло, отхватил, так что тян не нужны. — Матвей
снова поправил очки.

— К тебе подкатывали девушки?

— Может, — сказал Мэт. — Но я это плохо понимаю. Мне
кажется, они просто доёбывались.

— Я тоже не шарю. Бля. Вспомнил. Мне одна тёлка затира-
ла, что её парень ушёл от неё к мужику, потому что посмотрел
«Горбатую гору».

— Там чувак подох же.

— Ну видишь, как соблазнительно. Мне захотелось просто скидывать ей аккаунты всяких мужиков из инсты и говорить типа: клёвый, да? А вот он к нам ушёл. Видишь, радужный флаг в описании профиля? Это я его завербовал. Говорю ему: я стал геем, и ты сможешь. Всех огеячу. Не видать тебе больше мужиков. Все наши, наши!

— Какой-то гей-нацизм.

— Скорее апартеид, — я поправил. — Малая группа притесняет большую. Всё, как в телевизоре говорят. Мы же всех так притесняем.

— Я не разбираюсь. Я только знаю, что хуйня. Ненависть — это хуйня.

— Да, полная хрень.

Вечером Матвей написал мне.

МАТВЕЙ. 21.28. Спишь?

АНДРЕЙ. 21.28. Я никогда не сплю.

МАТВЕЙ. 21.28. Я тут короче выпил «Эссу» в одно рыло.

МАТВЕЙ. 21.28. И написал стишок в твоём стиле.

МАТВЕЙ. 21.28. Или что ты там пишешь.

АНДРЕЙ. 21.28. Верлибры.

МАТВЕЙ. 21.28. Вооот. Зацени. Если хуйня так и скажи.

МАТВЕЙ. 21.28. Мой отец живёт в Атланте

Его зовут Майкл

У него черные волосы и голубые глаза

Он помолвлен с рыжим парнем по имени Робин

И в инстаграме у него написано в профиле

«Айм нот зе дэд ю хев

Бат айм зе дэд ю олвейс вонтед».

И он правда похож на моего папу

Если бы тот жил в Атланте и не пил

Не пытался зарезать маму

Не прыгал в окно

Ты южанин я тоже по происхождению

И это в общем-то все
Я надеюсь ты не ходишь по тёмным улицам в одиночестве
Не бьёшь никого не ругаешься
И всегда приходишь домой
Слушаешь Агузарову Лепса и «Вороваек»
И в Атланте тепло
Это всё что меня интересует
АНДРЕЙ. 21.30. По-моему, отлично.
МАТВЕЙ. 21.30. Я у тебя манеру стырил.
МАТВЕЙ. 21.30. Всё, мне уже стыдно. Не дожидаясь утра.
МАТВЕЙ. 21.30. Но тебе подошло бы имя Робин.
МАТВЕЙ. 21.30. Хоть ты и не рыжий.
АНДРЕЙ. 21.30. Матвей, ты очень талантливый. Хватит говорить про стыд.

Матвей удалил сообщение со стихотворением у обоих.

МАТВЕЙ. 21.30. Давай лучше покажу чё.

Матвей кинул закрытую ссылку на Youtube с летсплеем простой игры, которую он сделал в Python. Она называлась «Калькулятор увеличения члена». Я говорил ему, что это гениально, а он говорил: надо заняться реальным делом. Я говорил, что он мог бы делать видео для ютуба, и их бы точно смотрели, а он отвечал «не сейчас». Он всегда отвечал «не сейчас», «потом», «это хрень» и «мне лень».

Глава 5

В начале мая Мэт пошёл подрабатывать, как он сказал, «фиксиком». Он бесплатно помогал какому-то маминому знакомому в мастерскую по ремонту компьютеров, и там ему нравилось. Он починил мне ноутбук — тот грелся и вырубался, а Мэт его почистил и с гордостью сказал, что «заменил термоинтерфейс». Под этим умным словом имелась в виду замена термопасты. Он сказал: мне нравится выёбываться.

Когда я звал его гулять, он отвечал: я чиню телефон. Я говорил ему, что он чинит телефон вечно. Что, мне кажется, это всегда один и тот же телефон, и когда Мэт его наконец починит — этот вечный сломанный телефон, — то весь мир изменится и заработает, как положено. На это Мэт отвечал, что для самурая есть только путь.

Когда Матвей меня игнорировал, мне становилось невыносимо тоскливо. Мне стало казаться, что ему со мной скучно, потому что у меня много проблем. Это лето я ощущал, как долгие поминки. Будто все умерли, а я остался. Умерла мать, умер город, умерли почти все, а я раздаю их вещи. Я отдавал, но никакого облегчения это не приносило. Деньги я отправлял в могилу — так ощущалась эта деревня, в которую моя мама уехала к своей умирающей маме. Из недели в неделю я продавал то, что складывало нашу жизнь многие годы, и мне становилось всё непонятнее, что складывает меня. В моей спальне были только кровать, шкаф, горшок с засохшей пальмой, ворованные книжки из серии «Альтернатива» и дорогая одежда, из которой я вырос.

Я решил подработать на фабрике бытовой химии через Студенческий трудовой отряд, потому что другая работа быстро не находилась. Перед этим я ходил в центр занятости. В пособии мне отказали — очная форма обучения считается формой занятости. Мне предложили перейти на заочку, и тогда я смогу получать одну тысячу пятьсот рублей. Я сказал, что тогда я не смогу воспользоваться пособием, потому что после универа меня заберут в армию, и спросил, есть ли ещё какие-то варианты государственной помощи. Красивая, сильно накрашенная девушка в тугом платье и с лоснящимся от духоты лицом ответила: учёба — ваш выбор, вам ничего не должны. Я сказал: а если нет? Она ответила: государство не просило вас учиться.

На той же неделе я поехал на фабрику. Вообще-то нужно было сделать санитарную книжку, но всем было все равно, и мне это выгодно — за неё тоже надо платить. На фабрике платили пятьдесят рублей в час минус налог. За день перчатки протирались от кручения крышек бутылок для жидкого мыла и пальцы покрывались волдырями. Химия тоже жгла пальцы. Смена длилась тринадцать часов, из которых один — перерыв. Я вставал в полпятого утра, разрезал пополам сосиску «Красная цена», клал на толстый кусок чёрного хлеба с намазанным спредом, запивал кофе с четырьмя ложками сахара и ехал в маршрутке за город. Я представлял, что я в романе «Больше Бена» или в каком-нибудь фильме про авантюристов, и когда я ехал на фабрику, я всегда слушал «Лесоповал», потому что еду на зону, а когда ехал обратно — «Green day», потому что на свободу. В фабричной столовой накладывали макароны с подливкой за пятьдесят пять рублей. Но у меня не было пятьдесят пять рублей, и я не ел. Большинство сотрудников тоже там не ело.

Я проработал на фабрике меньше недели, поругался с бригадиром, который назвал меня бичом, а я ответил, что он неудачник, раз всю жизнь проработал на вонючем заводе. Я заработал четыре тысячи рублей и штраф в одну тысячу рублей.

Я звонил маме и говорил об очередной новой работе. Она сказала:

— Вот учишься быть ответственным.

— Как ты? — спросил её.

— Бабушка умирает, — сказала. — В доме ничего не работает. Но ничего. Я полна сил. Я бодра и полна сил. Ищу работу. В Белгороде устраиваюсь. Загадываю у вселенной стать коммерческим директором.

Но на самом деле её никуда не брали по возрасту. Даже на птицефабрику. В деревне нет никакой работы, кроме птицефабрики, морга и районного ПНИ. Но я продолжал слушать про коммерческого директора.

— Скучаю, — говорила она. — Помнишь, как раньше? Ездили с музыкой, ели суши в «Суши буме». Как ты маленький сидел в моем кресле в администрации. И я думала: начальник растёт.

Мне стало противно.

— А может приедешь? — спросила она. — Вместе веселее. Я так скучаю, как было раньше. А ты?

— Правда скучаешь? — спрашиваю.

— Солнце моё, ты же мой единственный сын. Моя надежда. Любая мама переживает за своего сына.

— Ну как я приеду, мне шмотки продавать надо.

— Можешь остаться у нас, на свежем воздухе, — ответила.

— Как? В смысле… как я останусь? У меня диплом на носу, потом работу искать.

— Будем жить в своём доме, я буду ездить в город работать. А ты будешь за домом смотреть. Можешь тоже работать. Тут птицефабрика есть. Автобус довозит из дома на работу. А че? Хороший труд, научишься работать. Поможешь мне.

— Сама приезжай, — ответил.

— Андрей, я тут привязана. Я не могу рыпнуться. Я не могу оставить маму. Она включает газ и не помнит.

— Привози бабушку в Тольятти.

— Она не будет, она тут привыкла.

— Можно честно, да? Тебе же никогда не было до них дела. До этих вот семейных ценностей. Мы один раз за всю жизнь туда ездили. Чё ты впёрлась в деревню?

Она взяла паузу и твёрдо ответила:

— Я не вернусь в Тольятти. Для меня город закрыт.

— Ерунда какая-то.

— Андрей, я не хочу уборщицей работать, начальница. Для меня… я не могу просто. — Она заплакала. — Приедешь?

— Нет.

— Почему ты просто не хочешь мне помочь? Просто помочь с домом и мамой.

— Найми сиделку.

— Господи, какой ты… вот ебанашка, оторванный, вообще.

— Продай машину, если нет денег.

— Нет.

— У тебя мать умирает, а ты ездишь по говну на дорогом седане. Ты сопоставляешь?

— Я заслужила эту машину.

— Эта машина копает своими колёсами говно и землю.

— Так, слушай…

— И тащит в эту землю меня. Вместе с тобой. Продай свою машину и сделай мне военник.

— В деревне нужна машина. А армия воспитает из тебя мужчину.

— Да не нужна в деревне тачка за три ляма! Хватит расплачиваться мной! Продай машину! — я сказал это и так сильно сжал зубы, что свело рот.

— Да нахуй ты такой сын нужен.

Она сказала это и бросила трубку. Бросила и тут же перезвонила

— Ты можешь отъебаться от меня? — я сказал.

— Так, всё, давай не ругаться. Давай как деловые люди. Как в детстве. Партнёры.

Она говорила спокойно.

— Хорошо. Давай как партнёры. Просто договоримся, что теперь мы отдельно. Всё, — говорил я.

— Как отдельно? Я плачу за твой универ, а мы отдельно?

— Ты сама меня в него запихнула. Сама. Потому что ты хотела из меня хуй знает кого. Я мог жить в Москве. Давай признаем, что мы оба не очень хорошо рассчитали и просто перейдём в статус кво.

— Андрей. Вот смотри. Давай ты сейчас мне просто поможешь. А потом будешь делать что хочешь. Это трудное время.

— Я помогаю, но… оно ведь не кончится — это время.

— Всё плохое когда-то заканчивается.

— Это пожизненный найм, если связаться с тобой.

— Нет, ну это взрослая жизнь. Она такая. Потом втянешься.

— Я не выберусь потом из твоей деревни.

— Всё, сворачивай пиздёж. Я всё решила. Ты приезжаешь ко мне. Устраиваешься на нормальную мужскую работу. А если не так — идёшь в армию. Это по-деловому.

— Че? Нет, че? Я сдохну в армии.

— А я не сдохну?

— Да пусть твоя машина злоебучая лучше сдохнет!

В этот раз я бросил трубку. Она прислала три эсэмэски: «Ты безответственный», «Эгоист», «Сделаешь, как я сказала». Потом снова пыталась звонить, но я не брал.

Я нашёл квартирантов — Сашу и Динару, и не сказал матери. Они пришли по объявлению. Динара была двадцатилетней кухонной работницей и готовила вкусные голубцы, а Саша был двадцатипятилетним парнем с плохой репутацией. Его привёл старший брат и утверждал, что теперь Саша взялся за голову, но на второй же день они с Динарой напились и переспали. Саша притащил каких-то друзей. Я сказал, что так нельзя, а он сказал мне «расслабься». Они орали, а я сидел в своей комнате. Через два дня он исчез. Ещё через две недели уехала Динара, а следующей весной я увидел у неё в «ВКонтакте» фотографии новорождённого сына. Сашу посадили в тюрьму, и в этот раз по-настоящему.

Я смотрел на пустеющую квартиру, и мне стало казаться, что я исчезаю вместе с вещами. Что если я срочно не придумаю что-то, то меня не станет. Особенно остро я это ощущал, когда меня игнорил Матвей.

Иногда, когда были в Тольятти, мы с Матвеем ходили на водохранилище, сидели у воды и потом шли в сторону Парка Победы. Мы всегда проходили заправку, которая рядом с «Волгарём», и иногда покупали там пиво. Вечером заправка красиво светилась, как на арте в стиле retrowave, что Матвей поставил мне на рабочий стол. Мы стали называть это место Майями, потому что рядом был пляж.

Матвей был одет в бомбер, и я только сейчас заметил, что на спине принт скорпиона, как на куртке Гослинга в «Драйве». Мэт сказал, что очень любит «Драйв», а я подумал, что в этом неоновом тольяттинском свете Мэт — Гослинг для бедных. Я спросил, почему в эстетике ретровейва часто указывается двухтысячный год как время действия, хотя он придуман в наши десятые годы, и в двухтысячных не было всех этих летающих машин и лазерных пистолетов. Матвей подумал и ответил, что это мечта, которой не случилось. Тогда я спросил, почему нельзя придумать новую мечту. Он не ответил. Я подумал, что ретровейв, как и Тольятти с его футуристическими дворцами культуры — консервированная ностальгия по будущему.

Я решил рассказать Матвею, что мать мне не поможет и нужно копить на военник или придумывать что-то ещё. Он слушал, хмурился и молчал.

— На этой ебучей фабрике меня ещё и оштрафовали.

— Сложно было? — спросил Матвей.

— Унизительно. Но это тоже интересно.

— Я видел твои ладони.

— Не, не болит.

— Так не должно быть.

— Я не чувствовал. Просто представил, что я персонаж хуёвого фильма.

Мне казалось, я говорю жизнеутверждающе, но Матвей напрягался всё сильнее.

— Ну а ты чё как, профессионал? — спросил я.

— Расскажу главное, что я узнал в мастерской, — говорил Матвей. — Чтобы заменить дисплей на телефоне, его нужно нагреть. И там есть такой специальный скотч. Но в процессе нагрева этот скотч выдаёт очень специфичный запах — такой же, как когда лижешь пизду. Нагретый телефон пахнет влагалищем.

— Ты имел дело с влагалищем? — спрашиваю.

— Ужасы первого курса. Это в прошлом. Радуга в моем сердце, — он постучал по груди и снова замолчал. — Прости, я просто не знаю, что делать. Чем помочь. Мне грустно.

— Я знаю.

— Ты хотел бы дорогую машину? — спросил он.

— У матери Toyota Camry. Она могла бы её продать и закрыть долги. Но она расплачивается мной.

— А у нас никогда не было денег.

— Но ты выглядишь норм.

— Это «алик». На «алике» всё. Навык от матери. От матери пижонство.

— У меня от матери кредит на меня взятый.

— Она платит?

— Коллекторы ходят. Мне скучно думать о деньгах все время. Меня этим долбит. Я хочу думать о том, что жить интересно.

— Мне нравится думать про деньги, — ответил Мэт. — Но у меня их нет. Я их только понюхал. И теперь все время считаю воображаемые пачки.

— А я всё ещё хочу стать военным корреспондентом. Ну или придумать что-то крутое, что сделает мир лучше.

— Наивно. — Мэт ухмыльнулся.

— Ты уже так говорил мне в долине.

— Но это правда. Это глупо.

— Что глупо?

— Это ерунда. В твоей ситуации. Надо заниматься реальными делами, — сказал он, и у меня возникло ощущение, что я говорю с матерью.

— Это реальное дело, — строго ответил я, — а не хуйня в Тольятти в офисе сидеть.

— У меня куртки зимней нормальной нет, а ты про высокое.

— Тоже мне проблема. Людей убивают — это не проблема.

— Это проблема. Мне холодно и уродско.

— Это решаемо. Всё можно решить. Я хочу перед днюхой что-то придумать. Давай пойдём в магистратуру? В Питер там, в Москву. Но лучше в Москву. Чё я раньше не думал. И выучимся на тех, кем хотели быть. Хорошо подготовимся и поступим. На кого бы ты хотел поступить?

— Не знаю.

— Я бы подавался везде. Я уже проходил в ВШЭ. И я читал, что Вышка сейчас топ. Там есть гуманитарные и технические программы. И там гей-френдли, можно быть собой. Сосаться у входа в кампус и всё такое. Встречать друг друга. Бля, Вышка — это реально город будущего. Это просто… единственное нормальное место в стране. Там всё не как в России. Там всё как в хорошей России. Блядь, пиздец, всё, я понял, чего хочу.

— Репин подарил мне штаны тёплые. Тебе на зиму пойдёт.

— У меня есть.

— У тебя нет нормальных штанов, они висят. Померь обязательно.

— Я сказал, что у меня есть.

— Они стрёмные.

— Почему ты не прочитал ни одной книжки из тех, что я давал?

— Мне некогда.

— Ясно.

— Это так важно?

— Это как минимум интересно.

— Я не могу заставить себя читать. Всё. Это честный ответ.

— Почему?

— Я не верю, что мне понравится.

— Люди вообще не любят пробовать новое, да.

— Хочешь сказать, я тупой? Ну простите, блядь, не у всех была учёба в Испании.

— Я хочу сказать, что меня не интересуют вещи.

— Но они у тебя были.

— Это типа классовая ненависть?

— Андрей, ты ходишь, как бомж. Это правда.

— Ну а зачем ты со мной ходишь, если я бомж? Ну говори, если ты такой честный. Ты красивый, я урод, зачем тогда?

— Андрей, ты очень красивый. Давай сменим тему.

Матвей недолго помолчал.

— Я много думаю. О жизни, — сказал он. — Сейчас начал заниматься по программе тренера Бреда Питта. Хочу развиваться.

— И станешь Бредпиттом, да. Очередным запуганным одиноким пидором без цели в жизни, но зато модный.

— Почему одиноким? Так, блядь, в чём дело? — Мэт начал сильно злиться.

— Мне невыносимо хуёво, а ты винишь меня, что я недостаточно хорошо выгляжу. И пихаешь ношеные штаны бывшего.

— Блин. Нет. Я вообще не думал.

— Да ты нихуя не думаешь. Ты о главном не думаешь.

— Блядь, какой ты умный.

— Меня заебал материальный мир. Я не должен думать о том, как выжить. Как выкупить свободу. И ты не должен. Это неправильно, так не должно быть. Мы должны заниматься собой и развивать наши таланты.

— Ну а что если их нет?

— Есть!

— У тебя есть. А я обычный.

— Мне так не казалось, — сказал я и быстро пошёл вперёд.

— Ты куда? — спросил он.

— Матвей, ты трус с ампутированной волей. У тебя никогда ничего не будет хорошо. Ты не можешь помочь ни себе, ни другим.

Я сказал это и понял, что сейчас Матвей сам уйдёт и не вернётся, потому что я попал в больное.

— Ну и съёбывай от меня.

Я побежал за ним и стал просить прощения. Он будто стал из железа. Я стал сыпать шутками. Матвей сказал, что лучше пойдёт домой. Я взял его за плечо, но он сильно меня оттолкнул, и тогда я почувствовал, что у него действительно тяжёлая рука.

Позже он удалил из статуса в «ВКонтакте» фразу на языке Чероки и написал «Ушёл чинить телефон».

Я написал ему и снова извинился.

Мне было противно от себя, и я думал, что все мы пахнем насилием, ненавистью и несвободой, потому что так пахнет всё вокруг нас. Но Мэт другой. Мэт — это русский широкоплечий калифорниец в шортах с акулами и в белой сияющей майке.

Я попросил его не бросать меня накануне моего дня рождения в этом пустом унылом городе. Он не ответил, только отправил мужской кавер на песню Максим «Отпускаю». Я написал: «Ахаха, оч смешно. Они серьёзно поют?», а он ответил «Это серьёзно». Я слушал этот кавер всю ночь.

Прошла неделя, и я стал думать, что мы расстались. Я прокручивал в голове, как буду ждать последнее сообщение и, скорее всего, не получу, как буду писать последнее письмо со всеми своими бесценными мыслями и убеждать себя, что это к лучшему. Я читал, что люди так делают, но я никогда не был влюблён до Матвея и точно не знал, и поэтому на самом деле планировал просто умереть.

Ночью пришло сообщение. Матвей прислал песню Best buds группы Mom jeans. Летний мидвест-эмо про дружбу и счастливую Америку. Я сразу понял, что это про наше первое свидание, на котором я был в маминых джинсах из Штатов. Мысленно я исправил слово «свидание» на «прогулку», но всё же решил, что называть свидание прогулкой — это какая-то неуместная попытка сказать себе, что Матвей не так уж и важен.

МАТВЕЙ. 00.44 Привет. Как ты?

МАТВЕЙ. 00.44 Что делаешь?

АНДРЕЙ. 00.44 Привет. Дрочу.

АНДРЕЙ. 00.44 Снова проснулся не в Нью-Йорке.

МАТВЕЙ. 00.44 У меня тоже грустный дроч без тебя.

МАТВЕЙ. 00.44 Прости меня, пожалуйста.

МАТВЕЙ. 00.44 Я злюсь на себя, а не на тебя. Я шизоид, признаю.

МАТВЕЙ. 00.45 Но я очень надеюсь, что ты ещё хочешь меня видеть.

МАТВЕЙ. 00.45 Я очень хочу быть успешным и чтобы ты мною гордился.

МАТВЕЙ. 00.45 И чтобы со мной ты был в безопасности.

МАТВЕЙ. 00.45 У тебя уже др наступил. Поздравляю!

АНДРЕЙ. 00.45 Спасибо.

МАТВЕЙ. 00.45 Хочешь приду?

МАТВЕЙ. 00.45 У меня подарок есть.

АНДРЕЙ. 00.45 Ночь уже. А ты живёшь в Тольятти.

МАТВЕЙ. 00.45 Ну и что.

АНДРЕЙ. 00.45 Не надо.

АНДРЕЙ. 00.45 Тебе 3 квартала идти.

МАТВЕЙ. 00.46 Мне нормально.

АНДРЕЙ. 00.46 Это небезопасно. Я буду переживать.

МАТВЕЙ. 00.46 Как скажешь. Попотею другим способом.

МАТВЕЙ. 00.46 Я спать не могу вообще.

МАТВЕЙ. 00.46 Что делаешь завтра вечером?

АНДРЕЙ. 00.46 Нихуя.

АНДРЕЙ. 00.46 Снова дрочу и продаю свой дом.

МАТВЕЙ. 00.46 Я хочу сделать тебе подарок в любом случае.

МАТВЕЙ. 00.46 Приду завтра?

Мы договорились, что встретимся в Майами после работы Матвея.

Утром позвонила мама и поздравила с днём рождения. Она говорила хорошие слова. Сказала, что меня ждут великие дела и пожелала успеха. Добавила, что это был трудный год для нас всех. Я подумал, что точно так же говорит президент каждое тридцать первое декабря и ничего не меняется, кроме цен. Мне хотелось спросить, не передумала ли она по поводу военника, но было страшно.

— Может, приедешь? Отдохнёшь на природе? — спросила она. — Дружно что-то поделаем.

Я стал мямлить, что мне уже пора идти гулять с другом.

— У тебя появился друг?

— У меня отличный друг!

— М-м. Ясно. Ну гуляй.

Я почувствовал железную интонацию и быстро сказал «пока», чтобы она не стала говорить оскорблений.

Вечером мы встретились с Мэтом. Он был в том же бомбере со скорпионом.

— С днём рождения, Андрюш.

Сказал и крепко обнял. Когда он меня обнимал, он не мог сделать это ласково и получалось слишком сильно. Матвей протянул мне пластмассовый муляж бутылки «Бейлиса».

— Там дно открывается.

Я снял крышку, и там оказались женские половые губы. Матвей напевал:

— Если тебе бу-у-удет грустно, приходи туда-а-а… Туда.

— Это мастурбатор? — спросил я.

— Да. Прости, я уже оставил там свою ДНК. Но вымыл. Ты не брезгуешь?

— У нас микрофлора давно одинаковая.

— Это да. Совместно нажитое имущество — микрофлора. Ну как тебе?

— Остроумно.

— Я назвал её Стейси.

Я понюхал половые губы. Они пахли смазкой.

— И штаны. — Матвей протянул пакет с поношенными штанами Репина. — Но можешь их сжечь, если хочешь.

— Не. Побрызгаю святой водой и надену.

Я положил Стейси в пакет со штанами, и мы пошли гулять неизвестно куда.

— А ты как свой день рождения планируешь?

— Никак. Буду экзы сдавать.

— Блин.

Матвей посмотрел на панельные дома.

— Люблю это место, — говорил Мэт.

— Ага.

— Бабушка жила тут, около «Волгаря». — Мэт показал на спортивный комплекс. — А мама работала на АвтоВАЗе, и когда она уходила на работу, перед этим бабушка забирала меня и потом отвозила обратно. Мы гуляли по Парку Победы, а если день праздник — заходили в кафешку и покупали шашлык. А когда бабушка умерла, мы перестали бывать тут. Но меня все равно сюда тянет, не знаю. И когда я научился ездить на маршрутке, я стал сюда ездить. Я дал себе обещание, что буду ездить сюда каждый свой день рождения. И однажды случилось так, что я возвращался отсюда, был сентябрь, очень тепло, и, короче, я переходил дорогу, и меня попросила перевести какая-то бабка. Не по сезону одетая, ну, в тёплой куртке и шапке. Я согласился. Она рассказала, что недавно её сбила машина. Она подняла шапку, а там полбашки сшиблено и мозги наружу. Мне стало так плохо, меня вырвало, я еле дошёл домой. И тогда я подумал, что бабушка, наверное, больше не хочет, чтобы я сюда ездил.

Я засмеялся.

— И я только сейчас стал сюда ходить, потому что нужно уметь забывать плохое.

— Типичный тольяттинский трэш. Мой сосед-наркоман считал, что я его галлюцинация. Он говорил: «Опять ты, галюн ёбаный?»

— Запишу тебя так в телефоне. Галюн ёбаный.

— Сам галюн ёбаный. Это всё социальная депривация. Когда люди понимают, что никому не нужны и дальше всё плохо, они сходят с ума.

Мэт остановился и внимательно посмотрел мне в глаза.

— Чё ты опять смотришь, как маньяк? — говорю.

— Ничё. Складно стелишь просто, — отвечает Матвей.

— Я болтаю и не занимаюсь делами. Только достижения определяют человека. Мне двадцать два, и я ничего не понимаю.

— Мне тоже двадцать два. А скоро двадцать три. Но все будет. Ты широко мыслишь, — говорил он. — Вдохновляет. Есть чему поучиться.

Я не понимал, врёт он мне или нет.

— В общем, я серьёзно подумал о магистратуре в Москве. Всё изучил. Есть варианты попроще Вышки, например политех или московский областной. Там проходной в районе ста пятидесяти бывает. Но это тупо откос от армии. А Вышка, конечно, крутая. Вышка очень крутая. Я прям охуел, это рай. Элитный гей-рай. Только мечтать.

— Мэт, мы в Майями. Это лучшее место, чтобы мечтать.

— Ну, если бы мы там учились, я прям обязательно с тобой за руку ходил. Тебя бы никто не обидел. У них есть ЛГБТ-клуб даже, можно посещать. Вечером ты бы готовил в общаге, а я б ел. И мы были бы модными успешными московскими пидорами. Кофе в «Старбакс», фотки в Москва-сити. А потом уедем в какую-нибудь Пиндосию по международной программе и заведём собаку. Я хочу собаку. И проектор на стену.

— Звучит, как идеальный план.

— И в Пиндосии мы поженимся.

— Ты бы хотел заключить брак?

— Да. Это прикольно. Я хочу быть мужем. И сделать нормальную семью. И общие микробы уже есть. Но есть косяк.

— Че?

— Я с тобой растолстею.

Я вспомнил, как смотрел фотографии гей-свадеб на пинтересте и думал, что я скорее состарюсь, чем доживу до этого, но об этом никто не знал, и сейчас я тоже об этом не скажу.

— Бля. Бля, как я счастлив! — я обнял Матвея.

— Ну это рискованно. Но я готов.

— Ты серьёзно?

— Да. Только не знаю, на что поступать.

— Я тоже не знаю, на что.

— Можно по специальностям.

— Да, — сказал я, — из нас инженер и экономист нобелевского уровня. С купленными дипломами.

— В Вышке есть литературное мастерство. Тебе пойдёт, ты всё красиво пишешь.

— Точняк. Значит, ты тоже туда попробуй. Будешь потом комиксы писать.

— Ой, бля, нет.

— Да. Короче, на этой неделе ты напишешь рассказ. Или стих. Всё. Ок? Или подбери что-то ещё. Но выбери всё же то, что нравится.

— Ну-у-у… — Матвей постучал указательными пальцами… — ну ради тебя ок.

— Обещай.

— Обещаю. — Он приложил руку к сердцу. — Но даже если мы пролетаем — тупо скрываемся от армии, копов и просто продолжаем жить в режиме «приколы и пиво».

— «Приколы и пиво». Хорошее название для хуёвого магазина.

— И это. Давай пообещаем друг другу, — Матвей посмотрел на меня серьёзно, — что если один поступит, а другой нет, то мы все равно не расстанемся.

— Я тебе обещаю.

— Обещаешь? Ну то есть ты не бросишь меня, когда поступишь?

— Блин, ну почему ты опять так думаешь?

— Привычка. Соррян. Я исправлюсь.

— Мы поступим. Потому что один хер нет других вариантов жить лучше. Это наша зона ответственности, и мы можем всем управлять. Всё. Ты согласен?

— Абсолютли. Буду храбрым, как берсерк.

Матвей протянул руку, и я пожал её.

— Спасибо, Мэт два ноль.

— «Мэт два ноль» — хорошее название для комикса.

Мы шли ко мне домой по тёплому ночному городу, взяли в круглосуточном по полторашке «Балтики», пили и болтали. Мы решили, что на первый московский Новый год должны нарядиться в костюмы Екатерины Шульман и Альбины Сексовой, чтобы целоваться в таком виде под бой курантов и показывать фак телевизору. Ум и сердце прекрасной России будущего должны слиться в магический час. Этот перформанс мог бы назваться «Господи, помоги мне дожить до лучших времён». Или как-то так. Если бы я умел рисовать, я бы точно нарисовал такую картинку.

— Я читал, что если положить айфон в микроволновку на десять секунд, то он зарядится, — сказал я Матвею. — Это правда?

— Бред, — сказал он. — Ну… а как это возможно?

— ХЗ. Но у меня дома есть два древних айфона.

И как только мы пришли домой, мы сразу засунули телефон в микроволновку. Я решил заснять этот момент на видео. Я снимал, а Матвей стоял около микроволновки и уверенно говорил:

— Телекомпания «Плохой внешний вид» представляет передачу «Разрушители мифов». Что будет, если положить телефон в микроволновку, и правда ли, что он зарядится? Для проведения опыта мы используем этот уникальный телефон марки Apple две тысячи махрового года.

Матвей показал в объектив включённый дисплей телефона.

— Видите, батарея почти разряжена. Итак, будет ли результат?

Матвей положил телефон в печку, выставил десять секунд и, выдохнув, как Дудь в начале каждого видео, нажал пуск.

— Погнали.

— Отойди от микрухи.

— Погоди, — говорил он и смотрел на телефон. — Вроде нормально всё.

Телефон искрился.

— Заряжается, — Матвей кивал в камеру.

Я наблюдал за происходящем и ожидал взрыв. Когда прошло десять секунд, Матвей достал телефон кухонным полотенцем. Дисплей телефона погас.

— Чё там?

Мэт улыбнулся.

— Теперь вы знаете простой способ выключить айфон.

— Ты прям Тэкна, — говорю. — Тэкна из «Винкс».

— Слушай, давай взорвём его?

— Не надо.

— Интересно!

— Если сломаешь микруху, получишь по яйцам.

— Окей.

Матвей положил айфон в печь и стал выставлять время.

— Десять?

— Чо-о-о? Минута.

— Пять. Ок?

— Три. Хотя это пиздец много.

— Ну ок. Три.

Матвей поставил печь на три минуты.

— Отойди, — снова говорю ему. — Блядь, отойди от печки!

Матвей не двигался. Я стал его толкать, но он сильнее. Телефон искрился, а Матвей улыбался, как чувак из «Разрушителей мифов».

— Хуй с ним, подохнешь — как хочешь.

— Значит, судьба.

— Матвей Александрович, вам нравится боллбастинг?

— Очень, — прозвучало, как в порно.

— Ну готовьте яйца тогда.

— Яичницу будем готовить?

— Вы фетишист?

— Абсолютно.

— Что вы больше всего любите?

— Всё люблю. Фулл пенетрейшн. Оператору.

— Гляньте, я на него работаю, а он меня ебать собрался. Арбузер.

— Не пизди. Ой блядь, смотри, как вспыхнуло! Нихуя-я-я... — Матвей шлёпнул себя ладонями по лицу и оттянул его вниз, как это делают удивлённые дети.

— Всё, выключай.

— Полторы минуты.

— Мой парень — дебил. Он жарит телефон.

— А мог бы жарить тебя.

— Тухлая шутка. Отойди уже.

Матвей послал камере воздушный поцелуй.

— Это, в общем, документальный фильм «Пидоры на кухне». Готовим на ужин телефон, — сказал я.

— Ну мы же не люди.

— Не, не люди.

Я приблизился к Матвею.

— Отойди, ты ж боишься.

— Если не уйдёшь, я тоже не уйду.

Я встал около Матвея и стал давить ему рукой на плечо.

— Чё делаешь?

— «Czech hunter». Давай, вставай на коленки.

— Иди нахуй! — Мэт смеялся и упирался.

— Я, кстати, не люблю этот жанр.

— Не любишь?

— Не. Не душевно как-то.

— Не душевно ебут?

— Не-а.

Я снова стал нагибать Матвея.

— Да отъебись.

Микроволновка выключилась. Взрыва так и не произошло.

— Я же говорил.

Матвей достал телефон. Хромированные поверхности стали черными и треснул экран.

— Ты знал, да? Ты же знал.

— Конечно, знал. Микроволны не проходят через оболочку аккумулятора. Учи фи-зи-ку!

— Ты, короче, мозги мне поебать решил.

— Ну да.

— Чтобы я за тебя попереживал.

— Ну да.

— И че?

— Переживаешь, вижу.

— Сука. Короче. Заканчивай передачу.

— Чё. Ставьте лайки, подписывайтесь на канал и берегите свои телефоны.

— И яйки.

— И яйки.

— Снято, — сказал я.

— Нормально?

— Отл!

Я стал пьяный и предложил посмотреть детские фотографии. Матвей сказал, что ему интересно. Я полез в шкаф, который стоял в гостиной и достал коробку.

Первым попался разноцветный конверт, где я совсем маленький. На снимках с цифрового фотика я в детском костюме на её рабочем месте в администрации и подпись с другой стороны: «5.06.2002. Выборы 2002. Администрация. Андрей на мамином месте проводит агитацию за Уткина». Запахло копчёной колбасой, чёрным хлебом, кофе и захотелось есть.

— Как же она хотела клона, — сказал Матвей.

— Да, всё придумано заранее.

Потом мы смотрели, как она путешествует. Фотографий из наших совместных путешествий было не так уж много, потому что чаще она ездила одна. Но я видел, как Матвею нравится смотреть на Барселону, Нью-Йорк и всё прочее.

— Был в Нью-Йорке? — спросил он.

— Нет, но хотел. Она хотела свозить.

— Она красивая, — говорил Матвей. — Такая… роскошная. У вас одно лицо.

— Какое?

— Такое импортное.

— Говорил. Но оно мещанское. Обычные русские безродные лица.

— Не. Это порода.

— Нахуй сложные щи.

Мне надоело смотреть альбом, и я сказал:

— Твоя очередь показывать.

У Матвея не было никаких детских фоток, и он показывал мне летсплей на ретровейв-игру в жанре боевика «Hotline Miami», но мне надоело, и мы потрахались. Меня всегда очень заводило, когда он сосредоточенно сидел в компьютере. После секса Матвей прочертил у меня на животе острым карандашом «Пидор мечты». Я начертил на его спине «Гражданин Майями», сфоткал и переслал ему. Мы посмотрели экранную запись последних «Мстителей» и уснули.

На следующий день я проснулся от того, что Матвей кусал мою ногу. Я его оттолкнул и стал щекотать между яйцами и анусом. Он смеялся и пытался меня бить, но на мужчину это действует так же, как если кошку взять за загривок. Я назвал это «игра в пизденку». Мы наигрались и просто лежали. Я смотрел на алюминиевый крестик на груди Матвея и не мог понять, почему это так сексуально. А ещё очень хотелось курить, но вставать было лень. Я лёг на живот Матвея, а Мэт гладил меня по голове и больше мы ничего не делали.

— Побрил, что ли?

— Да, — говорю. Мэт любил, когда я брил грудь и подмыхи. Я терпеть это не могу, но теперь мне особенно хотелось, чтобы ему нравился мой внешний вид.

— Я, слепышара, не заметил.

— Норм?

У меня зазвонил телефон.

— Тебе всё утро звонят, — сказал Матвей.

— Это банк. По кредиту. Я не беру.

Он схватил мой телефон. Я пытался забрать его у Матвея, но он успел, прищуриваясь, включить громкую связь.

— Алло, — сказал Мэт нарочито суровым голосом.

— Здравствуйте. Андрей Игоревич?

— Да.

— Вы являетесь клиентом нашего банка, и у нас есть выгодное предложение.

— Вы попали в самарскую патриархию, пресс-служба.

Пока девушка на другом конце держала паузу, я зажимал свой рот, чтобы не смеяться.

— У вас есть время, чтобы прослушать информацию? — продолжила она.

— Я хочу только о Боге разговаривать!

Девушка повисла:

— Андрей Игоревич, у нас есть выгодная ставка по кредиту…

— Отче наш небесный! Да святится имя твоё, и да остави нам долги наша, якоже и мы оставляем должником нашим…

Девушка пожелала всего доброго и повесила трубку.

— Как думаешь, они ещё позвонят? — спокойно спросил Мэт.

— Я очень надеюсь!

Мэт полез целоваться. Мы подрочили при помощи Стейси под песню «Ikea flower» группы Homeboy in luv, а потом пошли завтракать жареными сосисками «Красная цена» и хлебом. Я надел его футболку, и он сказал: если нравится — забирай. Она пахла пляжем, «Олдспайсом» и компьютерами.

Вечером я лёг на диван в гостиной и вспоминал все приколы, которые мы сочинили за прошлый день, складывал их в мысленный альбом, как коллекционеры раскладывают монеты. Я включил на компе трек «A real hero» из «Драйва» и листал страницу Матвея в «ВКонтакте». Он снова обновил аватарку. На ней была его спина с прочерченным «Гражданин Майями». Мэт снова сменил статус и написал Homeboy in luv.

Мамина комната стала почти пустой. Остались только диван и большая керамическая фигура кошки. Мама говорила: «Эта кошечка — это я». Вечером «кошку» забрали — я отдал её в подарок вместе с принтером и потом плакал.

На следующее утро на входной двери квартиры краской написали «Долг». Я взял маркер и написал ниже «я ничего не должен».

Глава 6

— Будем прокачивать скилл выживания, — сказал Матвей. — Я веду тебя в поход.

— Я не умею походы как-то.

— Не бойся, я порублю этих зелёных пидарасов, — говорил он супергеройским голосом. — Мы с папой в детстве ходили.

Ему удалось меня убедить, что ничего опасного в этом нет. Он планировал пройти от Тольятти до Самары, жарить сосиски, смотреть на НЛО, которое по легендам обитает в Самарской луке, и трахаться в палатке. Я любил трахаться, и идея стала мне симпатична. Матвей взял палатку, самые дешёвые продукты, и мы отправились на другой берег Волги.

— У меня два спальника. Но один дырявый, — говорил мне Матвей.

— Да и я не целка. — Я пожал плечами и закинул спальник на плечо.

Перед выходом я захватил мамин зеркальный фотоаппарат, который она привезла из Эмиратов несколько лет назад. У неё было много дорогих вещей с тучных времён, когда она покупала всякую ерунду без раздумий.

Маршрут мы построили очень плохо, и я материл Матвея. Он всё понимал и раздражался, но говорил «всё будет».

Мы шли целый день и упёрлись в реку, впадающую в Волгу, которую было не пройти. Был поздний вечер. Мы решили, что поставим палатку, а утром подумаем, как перейти эту реку. Пока соберём какие-нибудь бутылки и брёвна, чтобы завтра построить плот. Место для остановки мы тоже выбрали неудачно, ведь это был пляж, который в народе называется «берег черепов», но мы этого не знали.

Мы разошлись по пляжу в разные стороны.

Я долго шёл и увидел на земле огромную кость. Я подумал, что это корова какая-то умерла. Мне показалось забавным подбежать с этой костью к Матвею и стукнуть его по голове. Но потом я подумал, что он этого не оценит и кость решил не брать. Я прошёл дальше и увидел человеческий череп. Я поднял взгляд на обрыв, каждый год подмываемый Волгой, и увидел, что из него торчат кости. Вода размывала землю и обнажала обрыв до костей.

Я показал это Матвею. Мы ходили по ночному побережью среди останков десятков людей с фонариками на телефонах. Я хотел вернуться домой, но Мэт шутил, что мы как в плохом триллере, а значит, бояться нечего.

— Кто-то убил сотню людей. Это проклятый пляж, — говорил я.

— Верь мне, все будет окей, — говорил Мэт. — Норм все будет, отвечаю.

— Очень, блядь, сомневаюсь. Бесишь.

— Знаю! Да!

— Пидора манда.

Поднялся сильный ветер. Мы залезли в палатку, её сносило, и я не мог уснуть. Мэт обнял меня и просто повторял, что все будет нормально, не имея никаких аргументов.

— Прости меня, — сказал он.

— Всё окей.

— Нет.

— В чем дело?

— Я не знаю.

Матвей снял очки и отвернулся.

Через несколько часов Мэт уснул, но я так и не мог спать. Я разбудил Мэта часа в четыре утра со словами:

— Надо убираться с этого проклятого острова.

— Давай пойдём строить плот, — сказал он.

Мы нашли два больших бревна и связали их моими штанами, а потом обвязали кучей пластиковых бутылок, которые нашли на берегу. Это была идея Матвея. Он пожертвовал футболкой и порвал её на лоскуты.

— Ты чёртов гений, — я искренне восхищался.

Он не отвечал. Он долго и усердно строил плот.

Мы сложили документы, телефоны, фотоаппарат и деньги в полиэтиленовый пакет и закинули его на плот вместе с двумя рюкзаками, палаткой и спальниками.

Когда мы поплыли, мы думали, что другой берег недалеко, и уже только в Самаре выяснили, что плыть нам пришлось почти километр. Мы отплыли и только спустя метров сто поняли, что взяли всего одно весло.

Матвей был сзади, я спереди. Мы проплыли пять метров, десять, и нам казалось, что всё хорошо, но, когда мы приблизились к середине, нас стало сильно раскачивать. Так сильно, что рюкзаки падали в воду. Я понял, что, если сейчас проплывёт паром или даже любая моторная лодка, поднимется волна ещё выше, мы перевернёмся и утонем, останемся жить на дне самарской реки. Мы были на грани гибели, но мы плыли, потому что дороги назад уже не было.

— Че-то я не хочу стать Спанч Бобом, — говорил я.

— Не, ты станешь Лесбоведьмой из «Русалочки». С таким противным ебальником.

— Блядь, ты без очков, ты не видишь.

— Я знаю.

Мы ругались, и нам было не так страшно умирать.

На второй половине пути стало казаться, что мы управляем этой штуковиной, но тут из бревна полезли жуки. Тысячи жуков. У них было сорок ног, восемьдесят ног, три ноги, они были летающие, ползающие, плавающие. Я соскочил с плота и упал в воду.

— Хватай меня! — кричал мне Матвей. Он протянул руку, чтобы я забрался на плот, но я сказал, что тогда мы точно перевернёмся и лучше я буду плыть сзади. Матвей достал свои намокшие очки и стал рулить. Я чувствовал себя Джеком из «Титаника», потому что в мае вода была холодная.

Матвей добрался до берега первым, я — следом за ним. Я задолбался плыть и, когда вышел на берег, просто упал. Но я побеждал жизнь, и мне это страшно нравилось.

Мы разожгли костёр, разделись и стали сушить шмотки. Я вспомнил про фотоаппарат. Он оказался почти разряжен, но я попробовал прицелиться и что-то снять. Мне было неинтересно фотографировать пейзажи: это все равно что снимать профессиональных красавчиков — всегда хорошо и одинаково. Я смотрел на Матвея. Он сидел на пляже, измазанный песком и илом, и выжимал трусы. Я рассматривал его прыщи и растяжки на розовой коже ягодиц и шрам от аппендицита на мягком животе в складках, ещё один шрам на колене, русую мокрую голову и высокий лоб, который непременно будет лысеть и становиться всё выше, широкую спину с мелкими волосками, которые будут везде, очки ботаника под густыми бровями красавчика из старшей школы, крестик на больших неравномерно волосатых сиськах, мурашки на боках и сжавшийся член, короткие руки с толстыми надроченными предплечьями и забитыми кровью бицепсами. Матвей кидал мокрую одежду на кусты под жаркое солнце, а я его фоткал. Мэт был похож на молодого капитана, потерпевшего крушение, а я — тот самый корреспондент, фиксирующий детали катастрофы.

Я обожаю детали и несовершенства.

— Не надо, — говорил он. — Это не красиво.

— Это жизнь, — сказал я, — не реклама курортов Краснодарского края.

Я подошёл ближе.

— Ты секс.

— Я просто хохол.

Я лёг на песок. Мэт лёг рядом.

— Ты знаешь украинский? — спросил я.

— Только ругательства, — он ответил. — В семье не говорили, а чё в детстве было, не очень помню. Но я смотрел «Папиных дочек» на украинском.

— Я тоже не знаю таджикский. Только бытовые слова. И ещё как сказать «я тебя зарежу». Интересно, как вообще в Одессе.

— Помню только пляж и дом тётки. Не знаю, что там осталось с тех пор. Но… но я представляю, что она прикольная, как у Киры Муратовой в «Увлечениях». Разумеется, я оттуда только куски с Литвиновой видел.

— Хотел бы там побывать?

— Да-а-а. Море, сосны, психи кругом.

— Давай летом следующим съездим.

Мэт погладил меня по голове.

— Чё эт? Ты только что злобный был.

— Сейчас у меня в руках совсем маленький зверёк, — говорил Мэт голосом с кассеты. — И кажется, кому он может причинить вред. Он абсолютно безобиден, он даже кусаться не умеет. И не подумаешь, что он… бобр.

— Бобр?

— Ты плыл, как бобр.

— Скажи «бобр бобр», — попросил я его.

Он сказал, а я засмеялся. Он очень смешно говорил это слово низким голосом, от которого всё вибрировало.

— Какое твоё тотемное животное? — спросил он.

— Кенгуру. Потому что он бестолковый, но прикольный. И даёт пизды. А твой?

— Вомбат. Он ленивый, и у него стальная жопа. Он ей защищается.

— Переименую тебя в «стальную жопу» в телефоне.

— Но вомбатов не существует.

— В смысле?

— Животные просто выебываются, чтобы казаться оригинальными. Притворяются. Существует всего четыре вида животных. Это рыбка, птичка, жопка и пюра.

— Что за пюра?

— Ты не знаешь теорию доктора Хитрюка? — Матвей стал по-смешному серьёзным.

— О-о-о, опять доктор Хитрюк.

— Смотри. Я объясню эволюцию видов. Допустим, у нас есть человек. Разумеется, человек не животное.

— Окей.

— Вот. И этот человек прыгает в реку и плывёт. Кто он теперь? Рыбка. Потому что рыбка — это всё, что плавает. А потом под этим человеком взрывается подводная мина, и он взлетает. Кто он теперь? Правильно, птичка, потому что птичка — это всё, что летает. А теперь представим, что этот человек падает на берег. И разумеется, он слабо похож на человека после всех потрясений. Кто он теперь?

— Жопка? — спросил я.

— Правильно. Потому что жопка — это всё, что не плавает и не летает, но у чего есть жопа. Ну то есть сейчас мы жопки.

— Окей.

— А теперь представим, что после всех потрясений жопа у человека отваливается. И кто он теперь? Правильно: пюра. Потому что пюра — это то, что не плавает и не летает, и у чего нет жопы.

— То есть паук — это пюра?

— Да. У него же нет жопы как таковой.

— А медуза?

— Это рыбка.

— А Путин?

Мэт задумался.

— Жопка.

— Так, а теперь серьёзно. Послезавтра экзамен, — сказал я.

— Зачем ты сказал про уник.

— Надо придумать, как решать, — сказал я.

— Потом.

— Всегда «потом».

— Моя голова — это машина, в которой сидит двести психованных обезьян. Сколько нужно обезьян, чтобы тачка поехала?

— В твоей голове двести жоп.

— Как и в моей жизни. Давай просто лежать.

Мы сами не заметили, как уснули в обнимку и проснулись в середине дня. Мы оделись, пошли вдоль реки, дошли до посёлка и сели на омик в Самару. Волны качали, Матвей снова уснул, а я фоткал его покрасневший нос, плечи, грязные волосы, торчащие из-под кепки Диппера и неравномерно мохнатые сиськи. Позже он рассказывал, что ему снился сон, будто он сунул мне в рот свой палец и тот забеременел. Он распухал и краснел, и тогда Мэт решил самостоятельно вскрыть палец, но ребенок оказался мёртвым.

— Может, я хочу детей? — говорил Мэт.

— Ну, ты любишь ебать без гандона.

Экзамен я сдал сам, но рассказал однокурсникам, что могу сделать им четвёрки автоматом за семь тысяч на каждую зачётку. Взамен профессор Горлач, чтобы это выглядело покупкой, давал стопки своих авторских учебников. Когда я договаривался с преподавателями, я вспоминал, как договаривалась мама, она давала взятки, как Волк с Уолл-стрит, ведь вся Средняя Азия стояла на взятках. Я представлял, что на моем месте стоит она, и мне становилось спокойно. На следующий день я уже нёс стопку зачёток с деньгами со всего курса — всего двадцать зачёток. С каждого я взял комиссию в тысячу рублей и в итоге заработал двадцать тысяч. Я рассказал об этом матери, и она сказала «горжусь». А учебники мы сожгли на мусорке вместе с Мэгготом и Лёхой.

Позже Мэт посмотрел фотки из нашего похода, которые я отобрал и обработал, и сказал, что он будто персонаж фильма и ему нравился.

— Тоже мне наука, красивых мужиков фоткать, — сказал я, но вообще-то дико собой гордился.

Мэт выложил некоторые в инстаграм и написал: «У меня появился собственный фотограф». Какие-то девушки ставили ему лайки, Репин написал «секс», а я отправил жалобу на его комментарий с формулировкой «насилие и опасные организации!. Я спросил у Матвея, могу ли я иногда выкладывать фотографии с ним у себя в аккаунтах, и он сказал «я ничуть не стесняюсь».

Каждый день я спрашивал Матвея, написал ли он рассказ, он отвечал «думаю». Я говорил, что надо не думать, а уже писать. Он отвечал «надо писать лучшее».

Пока он думал, я решил действовать. В Вышку требовался диплом, мотивационное письмо, пример художественной прозы и творческое портфолио. Диплом я купил, мотивации хоть отбавляй, прозу — сейчас напишу, а портфолио — надо придумать. Я продолжил поиск: «open call самара», «литературный журнал Самара», «конкурс поэзии» и так далее, но быстро понял, что самарская литературная жизнь — это дом писателя, один пафосный альманах постмодернистов и журнал «Русское эхо» с каким-то святым на обложке. Я подумал, что журналистика — это тоже неплохо, и стал искать медиа. «Другой город», «Самара 63», какая-то криминальная хроника. И тут мне попалась «Самара, которую мы придумали». Маленький гордый онлайн-самиздат. «Мы ищем свежие тексты о неизвестной Самаре, в которой хочется жить. Мы ищем необычный взгляд на повседневность и верим, что наш город — неиссякаемый источник эстетического опыта». О да, подумал я, в этом я точно шарю. Я подумал, что надо заходить с козырей и писать только о том, о чём все написать боятся, а ещё о том, что я знаю. А лучше всего я знаю, как гею создать свою квир-утопию в подземном общественном туалете.

Я сразу же сел писать текст. Я назвал текст «Наша квир-уто-пия. Как мы занимались любовью в Дворце ФСБ и нам ничего за это не было». Написал за час, не перечитывал и отправил в личку главному редактору Глебу. Добавил только: «Привет, я Андрей, и я автор текстов. Надеюсь, вам подойдёт». И потом ещё несколько раз повторил в голове эту фразу: «Андрей, ав-тор». Через двадцать минут он коротко ответил:

ГЛЕБ. 14.32 Ого!

А потом добавил:

ГЛЕБ. 14.38. Круто. Берём. Только про ФСБ заменить надо.

АНДРЕЙ. 14.38. Когда выйдет текст? — я спросил.

ГЛЕБ. 14.38. Ща вычитаю, залью.

ГЛЕБ. 14.39. Анонимно?

АНДРЕЙ. 14.39. Ни в коем случае!

ГЛЕБ. 14.40. Так.

ГЛЕБ. 14.40. А визуал есть?

АНДРЕЙ. 14.40. В смысле?

ГЛЕБ. 14.40. Фото или иллюстрации.

АНДРЕЙ. 14.40. Да!

И я отправил фотографию с Матвеем, которую я сделал в туалете на Куйбышева.

ГЛЕБ. 14.40. Кайф. По эстетике то что надо.

ГЛЕБ. 14.40. Ты автор?

АНДРЕЙ. 14.41. Да.

ГЛЕБ. 14.40. Отлично.

Вечером текст появился на сайте, и я сразу отправил ссылку Матвею.

АНДРЕЙ. 21.02. Галочка, ты щас умрёшь.

АНДРЕЙ. 21.02. Меня признали как автора. И статью опу-бликовали.

МАТВЕЙ. 21.02. Реально?

МАТВЕЙ. 21.02. Очень рад за тебя.

МАТВЕЙ. 21.04. Но.

МАТВЕЙ. 21.04. Там я. И я показан пидором.

И тут я понял, что даже не подумал спросить у него разрешения.

АНДРЕЙ. 21.04. Пиздец.

АНДРЕЙ. 21.04. Бля, прости, я просто вообще не подумал.

АНДРЕЙ. 21.05. Я думал только о том, что это красиво. И что ты очень красивый. И я люблю тебя, и там всё с тобой связано, и я писал с любовью.

МАТВЕЙ. 21.05. Чувствую себя немного использованным.

МАТВЕЙ. 21.05. Как резиновая вагина.

АНДРЕЙ. 21.05. Я прям щас напишу, чтобы убрали.

АНДРЕЙ. 21.05. Бля господи как стыдно.

МАТВЕЙ. 21.05. Не пиши, ладно, пусть так.

МАТВЕЙ. 21.05. Я готов побыть моделью.

МАТВЕЙ. 21.05. Хоть и рискованно.

МАТВЕЙ. 21.05. Но.

МАТВЕЙ. 21.05. Я готов рисковать.

АНДРЕЙ. 21.06. Там же нигде не написано, что ты гей и номер телефона. Просто фото.

МАТВЕЙ. 21.06. Тоже верно.

Я очень хотел спросить, понравился ли ему текст, но не решился.

МАТВЕЙ. 21.06. Но я тоже кое-что написал.

МАТВЕЙ. 21.06. Обещал тогда тебе.

МАТВЕЙ. 21.06. Но получился какой-то унылый гей-фанфик.

МАТВЕЙ. 21.06. Я не умею придумывать персонажей, как выяснилось, поэтому писал с готовыми.

МАТВЕЙ. 21.06. И это очень стыдно, но ладно.

МАТВЕЙ. 21.06. Короче, я выпил «эссу», так что похер, лови.

Матвей прислал свой рассказ и вышел в оффлайн.

Глава 7. Рассказ Матвея

Бивис и Баттхед родились в Лос-Анджелесе. В нормальном русском Лос-Анджелесе. Лос-Анджелес — около моря, и Тольятти тоже на море — Жигулёвском водохранилище. Там синие волны стучат о белые горы, приносят с собой аммиак, рыбы морщатся и уплывают. Они приплыли и не могут уплыть, бьются в плотину и погибают в турбинах.

Тольятти — молодой парень, которому сильно по жизни не повезло. Ему немного за тридцать, что сущий пустяк. Как и Лос-Анджелес, он был задуман городом мечты с широкими трассами, заводами и умно построенными кварталами. Сейчас его бетонные руки упираются в море, они крошатся и уплывают в турбины вместе с мусором, рыбами и гандонами. И железнодорожная ветка тут тупиковая. Такое вот тупиковое место — Тольятти. «Живи быстро, умри молодым» здесь застыло в железобетоне.

— Тут остались одни психи, — говорил Бивис.

— Сам ебанутый, — отвечал Баттхед и изображал эпилепсию.

До великого одичания, когда город был богатым и сильным, местные часто тусили на пляже. Они валялись на берегу, вдыхая запах пива, кукурузы и моря. Но Бивис и Баттхед тогда были маленькими и ничего не помнят.

Недавно в их доме отключили питьевую воду и дали техническую. Бивис кипятил её в кастрюле, она воняла канализацией, но в ней можно было заваривать чай и запах не чувствовался. Он заваривал кастрюлю чая и половником разливал по стаканам, как в школьной столовой. Ему казалась, что так чай вкуснее. Сырая вода была жёлтая, а нормальную отключили, потому что у дома долги. И у города долги. И все уезжают в какую-то другую жизнь и бросают квартиры, потому что время великих строек прошло и живите вы как хотите. Но тут всё ещё есть Бивис и Баттхед. Они гоняют по трассе на скейтах, а потом скучают, как в фильмах Ван Сента, под трескучие ЛЭПы, колу и сигареты, и всё становится лучше, пока не вернёшься домой.

За домом есть пустырь. Дикая прерия русского Среднего Запада, о которой ещё Татищев писал: «дикое поле», стелится на километры и перемежается лесом. Там только несколько новостроек, в которых люди не прижились, за ними кладбище и огромная степь. Бивис долго сидел в этой вековой плеши, как одинокий ковбой, и чувствовал, как трава под ним становится старше.

Вообще-то это был дом Бивиса и его мамы, но мама больше не приезжает, и поэтому они тусили вдвоём с Баттхедом. Мама Бивиса нашла работу на юге и, как сообщают, хорошо зарабатывает, присылает ему пять тысяч в месяц. Ещё у Бивиса есть бабушка, она живёт в Комсомольском районе и в выходные зовёт на блины, а с собой даёт пирожки и щи в трёхлитровой банке. У Бивиса бабушка не гостит — ей далеко ехать в Подстепки. К Бивису вообще никто не приезжает. Он часами ходит с Баттхедом по двору и мечтает, как уже скоро, окончив одиннадцатый класс, они выиграют green card и улетят в Штаты, потом угонят пикап и будут грабить пьяных реднеков в гей-барах, отстреливаясь от федералов. Они будут мчаться по прериям и сине-красный ветер со звёздочками будет долбасить по носу. В общем найдут своё место в жизни. А потом они поселятся где-нибудь на осколках Нью-Йорка, как в «Полуночном ковбое», только никто не умрёт. Баттхед будет целыми днями играть кантри или какой-нибудь гранж и выкладывать на ютуб, а Бивис — смотреть на Статую Свободы и писать книгу про анархизм.

Бивис всё же скучал по маме, особенно когда был дождь, холодно и степь давила, становилась неопровержимо русской. Тогда он включал телевизор и смотрел «Великолепный век» по «Домашнему». На сальной кухне — османское золото. Шейхи засели в шелках и рубинах. Баттхед не понимал, уходил в гостиную и играл на гитаре, а Бивис сидел, смотрел в маленький телевизор и становился похож на маму.

«Русская бедность — это „Великолепный век“ по телеканалу „Домашний“» — эту фразу Бивис считал очень удачной. Достаточно клёвой, чтобы начать ей роман. Любой парень хочет написать роман. Или снять блокбастер. Или, не знаю, забраться на Эверест. Может, не каждый, но Бивис точно хотел. Но больше всего он хотел трахать Баттхеда.

Ночью они валялись на узкой одноместной кровати, дрались и угарали, трахались и спали, трясли бо́шками и потом вытаскивали друг у друга длинные немытые волосы изо рта. Иногда они зависали в чат-рулетке, и извращенцы предлагали им секс, а парни по-английски их материли. На стенах — обои под белый кирпич из «Строймастера», постеры AC/DC, «I want to believe» и ковбой из рекламы Marlboro, которым Бивис так хотел стать. И ещё там была Мадонна. Она пела песни из ноута. Мадонна добрая и тоже похожа на маму. Им было семнадцать.

Однажды они пытались начать новую жизнь. Сели на попутку до Сызрани и вышли на первой же заправке, потому что не поняли, что дальше. Они шли до города пешком и угарали, писали смешные надписи ручками на картонках и показывали водителям типа «сосу за еду» и «подайте на смену пола», но очень быстро бомжами быть надоело, и парни решили, что единственный способ начать новую жизнь в семнадцать — куда-нибудь поступить. И они поступили. Бивис — в Самаре на железнодорожника, а Баттхед — в армию. Бивис позвонил маме, чтобы сообщить новость и попросить денег на первое время. Она прислала пять тысяч.

Баттхед сказал, что лучше убьёт себя, чем пойдёт в армию. Что он ненавидит всё это. А если пойдёт, то точно всех расстреляет, потому что не терпит насилие. Они смотрели на поле и представляли себя на Среднем Западе, но начался дождь, и степь стала просто степью. Через несколько дней они попрощались на автовокзале, а потом Баттхеда забрали в армию, и он оттуда не вернулся.

В Самаре Бивиса заселили в общагу. Сосед Антонио, студент по обмену, заселился первым и привёз с собой половину родины. Он родом из Мексики, говорил по-испански и не говорил по-русски. В целом прикольно и вроде экзотика, но ни хрена непонятно. Бивис смотрел на него, как на идиота: «Зачем добровольно уезжать в Самару из Мексики?» — думал он, но не мог сказать по-английски, потому что знал только ругательства.

На стенах их комнаты — постеры мексиканских ужастиков, на столе — большой игровой комп со светящимся системником, на первом этаже качалка, и после тренировок, которые Бивис очень полюбил, потому что они приближают его к какому-то своеобразному эстетическому переживанию, к той движухе, которая когда-то была в нем. Он рассматривал своё тело, пытаясь обнаружить в себе кого-то нового, и находил прыщи. Он забирался на верхний ярус кровати и чувствовал себя героем молодёжной комедии про колледж типа «Американского пирога». Недолго. Скоро выяснилось, что пить тут нельзя, и гостей, и смеяться после одиннадцати тоже. Ему дали матрас, подушку и казённый войлочный плед, как в казарме. Он снова сел со всем этим скрабом на ярус и почувствовал себя в фильме про беженцев. Теперь он европейский неблагополучный дружбан главного героя-мигранта, который качается и пытается быть сильным в новой стране, в которой все друг другу чужие. Бивис очень много мечтал и думал, что всё это как бы не с ним и он кто-то другой, потому что все непонятно.

За общагой железнодорожного института обнаружилось железнодорожное полотно. Бивис просыпался от грохота составов на своей верхней полке, потирал стояк и думал о Баттхеде. Он вставал, дрочил в туалете, плакал и шёл поесть.

Вахрушка в общаге ковыряла ногти, её лицо слипалось с подбородком и становилось, как размокший пельмень. Она смотрела на Бивиса с подозрением, как на потенциального преступника, и говорила, что пишет на него акт, потому что турникет сильно дёргает или маску не до конца надевает, а у Бивиса — вьетнамские фантомы из детства, семейной общаги, и вот уже однорукий охранник шманает его на наркотики и водку, потому что в Тольятти все были наркоманы, а Бивис стоит и думает, лишь бы он сам не нажрался и ночью не заебал. Он повесил постер с Лос-Анджелесом. Бестолковые загорелые серферы прыгали в море с голливудских холмов. А потом пришла коменда и заставила его снять. Не положено приклеивать на обои. Качалку бессрочно закрыли на карантин, потом всю общагу. Это был грустный год — все скучали дома и умирали.

Однажды Бивис спросил мексиканца, бывал ли тот в США — в Лос-Анджелесе или Нью-Йорке. Мексиканец зачерпнул ложку консервированной фасоли, проглотил и смачно, широко открыв рот, протянул:

— Yeah.

— Cool?

— Fuck. A lot of psycho on the street.

— Точно Тольятти.

Пошёл снег. Бивис подумал, что будет круто, если приедет грузовик Coca-Cola под песню из новогодней рекламы. Тридцатого числа Бивис понял, что он не станет железнодорожником, потому что не понимает зачем, а ещё, что ему не с кем праздновать Новый год. Он купил в ларьке водку. Бивис пил, а Антонио ел фасоль. Они не разговаривали, потому что тоже неясно зачем. Тогда Бивис решил в раз пятидесятый написать Баттхеду в «ВКонтакте». Он знал, что ему не ответят, но почему-то хотелось.

«Дорогой Баттхед, пошел ты нахуй. Я очень скучаю. Качалку закрыли на карантин. Идти некуда. Встретимся в Лос-Анджелесе».

Он написал это, вышел на улицу и пошёл в сторону ботанического сада. Когда он зашёл достаточно далеко, он снял шапку, кроссовки — зимних сапог по размеру у него не было — и куртку. Он допил водку, взял бутылку, как свёрток с ребёнком, лёг в мягкий уютный сугроб и уснул, поджав ноги.

Утром он проснулся, а на улице было тепло, только сопли и руки дубовые, красные. Он отряхнулся, сильно себя поругал и пошёл в общагу, чтобы переодеться из грязного в чистое. У него был план сбежать домой.

Заходя в общагу, он приготовился, что вахтерша начнёт орать, но она ничего не сказала. Антонио спал. Бивис тихо переоделся и пошёл к шоссе. Он долго голосовал, пока не приехал маленький «ГАЗ».

— Куда едешь?

— Лос-Анджелес.

— Я тоже. Садись.

На грузовичке было написано «Coca-Cola».

— Бывал я в этом Лос-Анджелесе. Там одни психи и море. Люблю его.

— Я тоже.

Бивис пришёл, а дома были все: бабушка, Баттхед и мама. Она приехала на Новый год в отпуск. Они много ели и смотрели «Великолепный век». Баттхеду нравилось. Он вытаскивал длинные немытые волосы из своего рта и ел вкусные фрукты. Пальмы засыпало снегом.

АНДРЕЙ. 21.47. Это не фанфик. Это охуенно. Но грустно.
МАТВЕЙ. 21.47. Я так охуел, что не смогу повторить.
МАТВЕЙ. 21.47. Это всё только из-за тебя, пидор.
МАТВЕЙ. 21.47. И только ради тебя.
МАТВЕЙ. 21.47. Потому что я очень-очень тебя люблю.

Он сразу удалил свои сообщения, но я успел их прочесть.

Глава 8

Я рассуждал о том, что мог бы сделать для Матвея. Совсем скоро у него день рождения. И решил, что подарок должен быть грандиозным. Мэт должен ясно почувствовал, какой же он клёвый. Я стал думать, что могло бы его по-настоящему впечатлить. Всё, что мне приходило в голову: телефон, приставка или хорошая одежда — было не по карману. Я не знаю, что могло бы его порадовать из дешёвого, потому что не понимаю вещи.

«Но я ведь творческий» — подумал я.

Я хотел, чтобы много людей сказали, что любят Матвея. Первой мыслью был интернет-флешмоб, но это мне показалось скучным — я и так дарю ему фотки, на которых он нравится людям в интернете. Я стал гуглить перформансы. Первой появилась Марина Абрамович, но ничего массового я у неё не увидел — она работает со своим эго. Я долго гуглил и нашёл монстрации Артема Лоскутова. Было бы здорово устроить в честь Матвея гей-парад, думал я, но такой, чтобы это было неочевидно.

Что смешного я знаю о Мэте? Он шизоид и доктор всех на свете наук. «Парад шизоидов имени доктора Хитрюка» — это звучит. Мне показалось забавным, что люди могут выйти на парад в честь человека, которого не знают, — это уже регулярно происходит в России и никто не удивится. Местом проведения обязательно должна стать Сипа, потому что место намолено на безумие. И никто не знает, что такое двадцать первая армия, в честь которой названа площадь. Как и кто такой легендарный доктор Хитрюк.

У меня четыре дня, чтобы организовать лучшую днюху в истории.

Я сразу же создал чат «Парад шизоидов имени доктора Хитрюка» и стал писать:

«Если тебе говорят, что ты психический — значит, ты прикольный.

Этой весной все шизоиды входят в обострение и празднуют день рождения доктора Хитрюка — выдающегося психиатра, биолога и защитника всех прикольных. Говорят, что доктора нет, но он пришёл ко мне по синей дыне, и мы подружились.

Доктор Хитрюк сказал: "Жизнь — не тяжкое бремя". Он выпустил всех психов на свободу, и они оказались нормальными. Но великого реформатора науки несправедливо забыли. Безумцы снова загрустили…

И МЫ ЭТО ИСПРАВИМ.

Мы устраиваем парад любви и радости. Принять участие может каждый:

кто наденет любую клетчатую одежду (все маньяки носили клетку),

кто возьмёт с собой ватман, фломастер и напишет безумный, но весёлый плакат во славу радости и доктора Хитрюка (референс — монстрация, гугл в помощь),

кто готов обнимать прохожих, петь песни и нести хуйню.

Встречаемся в 16.00 на фонтанах Осипенко (пока без бухла) и идём в сторону Пушки, а там бухаем, как в старые добрые.

Если нас будет достаточно много, то доктор явится нам.

Ватманы и фломастеры будут на месте, но бюджет ограничен.

В комменты цепляйте самые безумные треки из вашего плейлиста.

Ебануться — это нормально!»

Я прицепил фотографию Курта Кобейна в клетчатой рубашке и стал приглашать друзей. Я писал им сопроводительные сообщения: «Ребят, у моего парня Матвея др, и я хочу, чтобы он охуел, только не говорите ему». Я пригласил Вольху, Мэггота, Гарфилда, Лысого, Лену, Рахата и даже капризного Тему Репина. Я боялся, что друзья Матвея сделают лицо и не поддержат меня, но все единодушно сказали, что всё здорово и они будут.

К вечеру в группе уже была вся курилка и трое занудных друзей Матвея. Вольха спросила, может ли она позвать одногруппниц, и я сказал «да». Я разделил количество участников на три, и получилось восемь, что тоже неплохо.

На следующий день в группе стали появляться люди, которых я не знаю. Они репостили, писали: «Кто такой доктор Хитрюк?», и каждому я отвечал, что это лучший мужик на свете и что он очень загадочен. Каждый день в группе появлялось по десять — пятнадцать человек, и мне становилось страшно.

За день до парада мне кинули ссылку на «Другой город» — так назывался главный портал про Самару. Они включили «арад» в подборку «Чем заняться на выходные» вместе с лекторием галереи «Виктория» и бесплатным концертом в Струковском саду. «Редакции не удалось выяснить, кто такой доктор Хитрюк, но он точно умеет лечить весеннее обострение».

И вот наступила суббота. Я сильно волновался и съел десять таблеток валерьянки, но от неё только захотелось спать. Я взял пять ватманов, три маркера и поехал на Сипу. Я надел чёрную клетчатую рубашку, чёрную куртку и тёмные очки, и мне казалось, что я похож на режиссёра.

Я приехал за пятнадцать минут и никого ещё не было. Я встал с плакатом «Парад шизоидов им. Хитрюка» и боялся, что никто не придет. Через минут пять подошли Вольха и Мэггот, потом Лена, Рахат и Репин.

— Что писать? — спрашивал Репин.

— Пиши: «Хитрюк лучший», — ответил я.

Он написал: «Хитрюк краш», и я заставил его поменяться плакатами. Лена написала «Бесплатные обнимашки» и Рахат за ней повторил. Вольха написала «Хитрюк — мой кандидат», а Мэггот «Доктор, вылечите меня».

К четырём часам на «Сипе» собралось человек двадцать. Мы решили подождать ещё десять минут. Больше всего я ждал Матвея, который никак не появлялся. Ко мне подходили ребята, которые сидели около фонтана и спрашивали, что происходит. Я отвечал, что у нас парад шизоидов и надо просто веселиться, а в конце набухаться. Я решил набрать Мэта.

— Я задержусь, — он сказал.

— Сильно?

— Типа на час.

— Чё с тобой?

— Я разбирал аптечку.

— Ну.

— Там у таблеток слабительных срок истекал.

— И?

— Съел. Жалко выбрасывать. Прости, я обосрался.

— Ну, с дэрэ тебя, засранец.

— Я ещё от поноса съел.

Я сказал, чтобы он подходил в шесть к скверу Пушкина и обязательно надел любимую клетчатую рубашку.

И мы пошли. Я надеялся, что к шести часам люди не разойдутся, и они действительно только прибывали. К нам присоединялись всё новые и новые психи, которые всегда шатаются по центру Самары. И все спрашивали: «Что за доктор?», и никто не мог нормально ответить. Кто-то стал петь «Нас не догонят», и другие подхватили. Я не знаю, почему именно «Тату», — наверное, потому что квир-безумие висело в воздухе, и мне это нравилось.

Мы прошли мимо «Макдональдса», и кому-то пришло в голову в него ворваться. Мы обнимали людей, и им это нравилось. Мне казалось, что кто-нибудь нам обязательно втащит, но самарцы оказались добрее, чем кажется. Потом мы дошли до Самарской площади, и кто-то стал скандировать «Хи-трюк! Хи-трюк!». Я не знал этих людей, они не знали меня, но почему-то всем было очень весело. Люди соскучились по возможности просто не бояться и быть вместе.

Но мы не дошли до цели. К нам подошла полиция и стала спрашивать документы. Мэггот пытался говорить о правах и законе, что есть право собраний, что мы не политическое движение и что мы просто празднуем день рождения. Полицейские — их было двое — схватили семерых из нас, отвели в автозак и повезли в участок.

— Не приезжай, — писал я Матвею.

— Почему? — спрашивал он.

— Меня схватили копы.

Я рассказывал ему, что хотел сделать лучший день рождения, но подарил себе срок.

— Я приеду, — писал он. — Куда?

Нас отвезли в участок на Челюскинцев. Мы сидели там так много часов, что мой телефон разрядился. Мы очень хотели есть и пить, поэтому скинулись на доставку из KFC.

— Игла, моя подруга, в органах работает, она поможет, — говорила Вольха.

— Где?

— В морге. Судмедэксперт.

По очереди нас звали на составление протокола. К стандартным вопросам добавлялось «Занимаетесь ли вы политической деятельностью?», на что я уверенно отвечал «нет», потому что не депутат и не должностное лицо. Молодой полицейский листал при мне мой же профиль «ВКонтакте» и намекал, что экстремизм — это преступление. Я долго и жалостливо объяснял, что мы просто праздновали день рождения.

— А где именинник? — спрашивал полицейский.

— Он не пришёл, — отвечал я.

— Почему?

«Обосрался», — подумал я, но сказал, что просто опаздывает.

Мы вышли уже после полуночи. Я вышел, а меня ждал Мэт. Он держал в руке пакет, а в нем бутерброды с колбасой и полторашка воды.

— С отсидкой, — сказал он.

— Я лох, — я ответил. — С днём рождения.

Мы с Матвеем пошли в общагу пешком, а по дороге взяли в ночном магазине по две банки пива, чтобы все-таки как-то отметить. Мне было дико смешно, потому что очень страшно.

Матвей вписал меня у себя в общаге. Мы пили пиво с Лехой, а потом уснули с Матвеем на одноярусной кровати.

— Я бы на твоём месте сдох от страха, — говорил Матвей.

— Я бы тоже, — отвечал я.

— Я горжусь, ты храбрый.

На следующий день Матвей позвонил и спросил, хочу ли я быть с ним. Я ответил, что это странный вопрос.

— Я хотел сказать «жить». Жить со мной.

— Только если не будешь гнобить.

— Не буду. Обещаю. Буду ласков, как пюра.

— Окей. Это всё, что ты хотел спросить? — я думал, он шутит.

— Нет, я нашёл нам почти халявную хату.

Оказалось, что богатый друг Репина, у которого сто квартир по всему городу, ищет жильцов в необжитую однушку на окраине города и что там нет почти ничего, кроме минимальной кухонной мебели и маленького шкафа для одежды. Условие — платить коммуналку и не взорвать газовый котёл.

— Это не шутка? — спросил я.

— Нет. Это серьёзное предложение. Собирай манатки и готовься варить мне свою непонятную вкусную еду. И чтобы рот-жопу-глаза жгло что пиздец.

Я засмеялся.

— Бля. Бля, я волнуюсь.

— Я тоже, — ответил он. — Но всё ок будет.

— Ну так-то весело.

— Устроим там пидорский притон.

Когда Мэт говорил последние слова, я проходил мимо поста вахтерши в общаге. Мне очень хотелось показать ей фак.

Матвей стал каждый час скидывать мне ссылки на товары из IKEA, особенно шторки для душа и мыльницы. Я напомнил, что он обещал не заёбывать, к тому же мы не собираемся проводить там времени больше, чем одно лето, а он отвечал: «Андрей, жизнь должна быть комфортной».

А мне хотелось только фоткать и писать. Фоткать и писать. И представлять, как мы будем жить в нашем и только нашем притоне нашей, и только нашей, жизнью. Каждый день я гуглил опен-коллы и всякие конкурсы, особенно те, где предлагали деньги. Ближайшим по дедлайну был конкурс института Шанина в Москве. Тема заявлена — «Новолетие. Город будущего». Принимаются проекты в любых художественных практиках. Победителям дают стипендию на обучение в магистратуре и разные плюшки. Дедлайн — через две недели.

«Что я, не нафоткую за две недели что ли?» — подумал я, взял фотик и сел на маршрутку до Тольятти. Я шёл по городу, и в голове играл трек группы Graves — «Midwest sports». «Аайм сооо дисконнектееееед!» — пел какой-то чувак.

Я шёл по городу и думал, что такое Тольятти? Это молодой парень, которому крупно не повезло. Ради его рождения затопили целый Ставрополь-на-Волге, и лучшие молодые умы съезжались в степь, чтобы построить город будущего и поторопить время.

А теперь он возглавляет список банкротов.
И нам остаются
память и наши приколы
прерии и медитация на пустоту
на бесконечность линий дорог, уходящих за горизонт
на монохромное равенство ква́рталов,
многокилометровое зеркало водохранилища
и бетонные советские храмы
пылью летящие в степь.
Мой город бездомный в этой стране
он сидит в бетонной коробке
у окошка с видом на Жигули
и сипит сожалением.

Тольятти для меня — это Матвей, и я готов с любовью и глубокой печалью смотреть в него вечно. Я наблюдал за дымом из труб изнемогающего АвтоВАЗа, сделал снимок и ждал, что дым закончится.

Я шёл домой.
Сосед со второго мне говорил
что с верхушки колонии-поселения номер один в центре
    города
видно Волгу и белые скалы Самарской луки
и очень быстро ты начинаешь их ненавидеть.
Он сказал мне: не делай татуировки
а то мало ли.
Я смотрел на него
и думал о том что из центра тюрьма расходится
    метастазами
по всему городу
и о том как страна создавала в Тольятти концентрат из
    людей
уплотняла в бетон

а в себя отправляла энергию

заводской дым

и машины

люди сжимались в железобетонные плиты

вставали в ряды друг на друге стояли

ложились на укреплённое побережье

трескались на морозе размывались водой

и до сих пор все мы жмёмся домами к огромной реке

под степным электрическим небом

разрисованным линиями передач

на черте между волей и несвободой.

Наша сила нужна России

но мы в тюрьме

нашей бедности

нашей ненависти

и постоянного страха что будет хуже будет война

будет

не знаю

ужасное

плохо

не дёргайся.

Я всё отснял

и заново показал наш город Матвею.

Вот парень и девушка въезжают на скейтах

в советский дворец заключения брака

футуристический

ахроматический

и заросший щетиной из мха.

Мальчик уставил игрушечный ствол в росгвардейца

на фоне магазина «Надежда».

Старик торгует полевыми цветами

на фоне труб АвтоВАЗа и упавшего баннера «С днём
    Победы!»

и все лепестки у него тоже обвалились на землю.

Вокзал с большим металлическим словом «Тольятти» над
    крышей:
металл течёт с крыши ржавой рекой
и все люди плывут в одном направлении — внутрь.
Ты такой же как я.
Ты сирота твой отец погиб его утопили
ты трогал его лишь однажды
краем своего берега.

Я назвал эту серию фотографий «Новый город», потому что
снимал всё в «новом городе» — так называют наш родной Автозаводский район.

— Он необычно стоит, — сказал Матвей, показывая на спортивного парня с голым торсом позади идущих по аллее полицейских. — Он очень расслабленно стоит.

И тут я пожалел, что не взял этого парня крупным планом.
Он и правда был похож на скульптуру Ренессанса.

— А ты не хочешь поснимать? — говорю Матвею.

— Я не умею, — отвечает.

— Я тоже, — говорю.

— Но у тебя получается. Тут везде что-то ну… такое.

— Ну почему ты просто не хочешь попробовать?

— У тебя все равно получится лучше. У тебя всё получается.

Меня разозлили его слова.

— Чё опять за декаданс начался?

Он замолчал,» и мне стало совсем сложно вывозить разговор.

— Короче, я хочу отправить это на конкурс Шанинки. Это
в Москве. Они не дают деньги, но там будет вручение и всякие селебы. И мастер-классы. И можно получить стипендию
на обучение. В общем, в любом случае портфолио.

— А я на работу устраиваюсь, — сказал Матвей. — В «кефасе» буду работать.

— О, молодец. Хоть у кого-то деньги будут.

— Ага. В Тольятти.

Теперь я замолчал.

— А квартира?

— Я завалил последнюю сессию. Три раза. Меня не допускают до диплома.

Он сказал это и сел в телефон.

— Ты говна въебал?

— Не ори, пожалуйста.

Я развернул его к себе за плечо.

— Мэт. Смотри, никому не выгодно отчислять дипломника. Не саботируй сам себя, пожалуйста. Все будет ок.

— Это бесполезно.

— Нет! Надо по-любому, вот по-любому прям сдать эту херню. Всего немного. А потом новая жизнь.

— Я все дни ебал себя, что надо готовиться к пересдаче… и в итоге все равно даже не сел. И другие дела не делал. Даже спать себе не дал. Притом это был экзамен по «Питону». По «Питону», блядь, который я знаю. Я ничего не могу заставить себя делать.

— Так надо. Жизнь — труд.

— Пох.

— Это называется слабачество, — сказал я и стал складывать ноутбук в рюкзак. — Ты слабак, раз бросаешь.

— Ну ок. Зато ты классный.

— Ты… я не хочу, чтобы ты так думал!

Мне хотелось начать извиняться, но я себя сдержал.

— Ну и чё, в армейку пойдёшь?

— Может, отмажусь.

— А потом что?

— Не знаю. Что-нибудь.

Я продолжал складывать вещи. Мэт заплакал и снял очки. Я обнял его, и его слёзы, горячие и долгие, лились мне в плечо. Будто горячий чай разлили.

На следующее утро Матвей сказал, что я должен срочно к нему прийти и он всё объяснит потом. Он был в майке и штанах с военки. С порога он стал пихать мне бутылку пива, потому что «мне нужно выпить для храбрости». Я ничего не понимал. Он не сдержался:

— Ты должен меня избить!

Я собрался уходить, но он меня развернул и заставил сесть.

— Смотри, это гениально, — продолжал он. — Сегодня в три у меня последняя пересдача. Я приду с замотанным ухом, типа меня избили, вставлю туда наушник и Леха будет говорить мне ответы.

— Хорошо, — говорил я, — а зачем тебя бить?

— Чтобы правдоподобно. Сильно не надо — достаточно вот сюда под глазом по вене попасть, чтобы лопнула. Тогда весь глаз разнесет.

— Пиздец...

— И ещё поцарапать, чтобы типа упал.

— Это самая идиотская идея, о которой я слышал.

— Я отвечаю, это сработает.

— Почему ты тогда сам себя не ударишь?

— Я пробовал, у меня не получается.

Я представил, как бью Матвея по лицу, и меня стало тошнить.

— Я не буду. Нет. Нет.

— Андрей, пожалуйста, я прошу тебя...

— Леху проси.

— Он отказался. Он сказал, что я ебанутый.

— Ты ебанутый!

Матвей стукнул кулаком по стене, помахал руками и сел на койку.

— Пожалуйста, помоги мне, иначе... Ну не отказывайся, короче.

Я сжимал и разжимал правую ладонь.

— Это реально последний вариант? — спросил я.

— Точно. Но он точно сработает. Давай.

Он сел на стул в ожидании удара, потом встал и размялся, как боец на ринге. Я примерил кулак к глазу Матвея.

— Подожди. Мне сложно, — говорю.

— Всё окей. Я люблю тебя.

— Зачем ты сказал!

— Прости.

— Не говори это сейчас.

— Не буду больше говорить.

Я замахнулся рукой и ударил Матвея. Кулак пролетел по скуле и не попал по вене.

— Бля! — закричал Мэт.

— Прости!

— Всё норм, так хорошо, убедительнее. Давай теперь точно.

Я затрясся, но ударил его снова. Со второго раза вена надулась и стала заливать нижнюю часть глазницы. Матвей подбежал к зеркалу, потом обратно ко мне и обнял.

— Спасибо тебе. Спасибо, спасибо.

Мы оба тряслись. Сели на кровать. Мэт сказал, что очень хочет спать, потому что всю ночь не смыкал глаз, и предложил полежать полчасика. Он поставил будильник и попросил меня сделать то же самое.

— После пиздюлей всегда отрубаюсь, — говорил он. — У меня комиссия в три часа. Нельзя проебать.

— Тебя ещё замотать бинтами надо. Есть?

— Ага. Потом.

— Не надо потом.

— Успеем.

Мы легли, и он положил мою правую руку к себе на грудь.

— Жарко, — сразу сказал он и попытался перевернуться на одноместной кровати. Нам всегда жарко спать вместе.

— Разденься.

Я стянул с него штаны и лёг рядом.

Матвей сразу уснул. Перегрелся и вырубился. Я лежал и смотрел, как солнце проходит через американский флаг, который висел на окне его комнаты, и ржаво-голубая стена становится разноцветной. Думал о «потом» и «успеем». Я снова положил руку на грудь Матвея, на его жёсткие неравномерно волосатые сиськи, под которыми ровно бьётся сердце и делает так, что лежать жарко. Я смотрел на молодое израненное мной лицо, потому что он убедил, что так вроде как будет лучше. За дверью ходят студенты, кто-то орёт и куда-то ломится, и я подумал, что стоило закрыть дверь на ключ, но она не закрывается. Слушал, как дышат железные мозги ноутбука и нагреваются. Я разбудил Матвея ещё до будильника.

— Вставай, — говорю. — Будем тебя мумифицировать.

Пришёл Лёха и долго над нами смеялся. Я заматывал Матвею лоб, ухо и подбородок, а они с Лёхой обсуждали детали плана. Матвей сидел в майке, военных штанах, и мне казалось, что мы суперагенты и готовим опасную операцию.

— С Богом. Ветеран прокрастинации, — сказал я.

— Не смешно, — ответил он.

— Даже если завалишь — спасибо, что живой.

И он ушёл на пересдачу. Трижды стукнул по косяку, положил фигу в карман и вышел.

Я шел из общаги Матвея в свою, и мне стало невыносимо скучно. Мне совсем не хотелось идти к своим деревенским наркоманам.

Я открыл инстаграм. Репин опять отметил Матвея в какой-то истории, и Мэт как всегда ей не поделился. На мне были штаны Репина, и они резали ягодицы. Я смотрел фотки, на которых Тема надувает губы, прячет лицо за мягким игрушечным динозавром, подсвечивает фильтрами большие глаза с ярко-зелёными линзами, снимает драку с котом и смеётся. Я представил, как он сидит среди волосатых тряпок в бабушкиной квартире, готовит в мультиварке какую-нибудь шарлотку, смотрит комиксы и держит телефон маленькой ладонью, трёт

глаза и улыбается, когда кто-нибудь ставит огонёк и смею-
щийся смайлик под кошкой. Подходит к зеркалу тридцать раз
в день и смотрит на вещи, а не на себя. Я подумал, какой он без
одежды и как он ложится спать. Что наверняка у него много
плохих татуировок не только на руках, но и на всей розовой
коже, и под ними, скорее всего, тоже неглубокие шрамы, как
и на левой руке, которые трудно заметить, но я вижу. Он за-
сыпает с котами и динозавром на бабушкином диване, дрочит
на мои фотки Матвея, как и я, вытирает ладошку об простыни,
как и я, а утром скидывает ногами бельё, и оно пахнет дрочкой
и немытыми ступнями, закапывает солёные капли, вставляет
линзы, горько смотрит в окно, ест шарлотку и снова постит ко-
тов. И я подумал, что таких парней достаточно много, чтобы
я был счастлив тому, что есть Мэт.

Через полтора часа написал Матвей:

«Сдал. Допустили. Я просто пересрал. Бывает, нахуй универ.
Пошли смотреть квартиру».

Глава 9

Мы идём по Кошелеву и июльской жаре от «Ашана» к нашему дому через спортивную площадку седьмой школы. Матвей останавливается около беговой площадки.

— Буду бегать, иди домой, — он говорит.

— Хочешь приехать красавчиком в Москву?

Он снимает футболку. Он всегда бегает без футболки, и за лето его кожа стала коричневой и толстой. На ней светится алюминиевый крестик.

— Ты сдохнешь на солнце. Я покараулю. Если отлетишь.

Он снимает футболку, пробегает круг и, вспотевший, останавливается.

— Щас сердце лопнет.

— Сдохнешь тут круги нарезать, — говорю. — Ты хочешь умереть?

— Я хочу бегать. Раньше лучше было, — говорит он и слизывает пот с губы.

— Ты поправился.

— Это стресс. Я с тобой потолстел.

— Пожалуйста, не мучай так себя, можно реально умереть. И не доживешь до прекрасной России будущего.

Матвей улыбнулся и ничего не ответил.

Я коснулся его руки и почувствовал, как долбит его пульс.

Я смотрю на его мягкий загорелый живот, будто давно его не видел, и хочу сказать, что он мне очень нравится, но не говорю.

На этой шикарной площадке из красной резиновой крошки Мэт, выбивающий похмелье бегом, похож на мужика из «Осеннего марафона», если бы его снимали в Калифорнии, а я — тот чудик с импортным лицом.

— Хочешь, я с тобой вечером? — говорю.

— У тебя и так всё хорошо, — отвечает. — Не худей больше.

— Окей, пап.

Матвей надевает футболку, и через три минуты она становится пятнами. Он берёт с земли пакет с продуктами и рюкзак. Я тяну пакет на себя.

— Дай я. Ты красный.

— Нормально. Давай.

Он забирает пакет.

— В Москве сейчас надо быть сильным, — говорю. — Вон сколько человек задержали.

— А чё там?

— Мы вчера смотрели.

— А. Ну, сильнейший всегда прав.

— Она говорила, что нет.

— Кто?

— Шульман. Физически сильные умирали первыми.

— Я прослушал.

— Она говорила, что выживает не самый сильный, а кто умеет кооперировать. Взаимовыручка делает людей сильными. Вместе выжить проще.

— Как нам.

— Ты опять не слушал.

— Я не слушал. Я засыпал.

— Как всегда.

— Я работаю. Чиню телефоны.

— Ты мой фиксик.

— Я ей больше не верю. Она болтает… что Россия, — он говорил прерывисто, — становится свободнее. Человечнее. Но бля, я че-то… че-то не вижу такого будущего.

— Если не верить, то ничего не получится, — я парировал.

— Юдин говорит, что война будет.

— Бля, опять ты начинаешь!

— Прости. Но все равно не худей.

— Ты говорил, надо сбросить.

— Ещё пригодится. Съем тебя в голодный год.

Я засмеялся.

— Ну не может же страна вечно ходить кругами от пиздеца к пиздецу.

— Ну я же могу.

Матвей приходит с работы в обед, греет простую еду, которую я для него оставил, потом садится на наш матрас с Авито, отдыхает полчасика, смотрит «Орёл и решку» на ютубе, представляет себя с золотой картой, наслаждается роскошью, приключениями, красотой далёкой страны, а потом уходит на работу чинить телефоны. А вечером он сидит на полу в нашей единственной жилой комнате, пьёт «Жигулёвское» разливное из пластиковой бутылки и играет в «Лигу легенд». Днём далёкие страны, а вечером очередная война и все против него. Играет и злится. Пьёт и ругается. Представляет себя сильным бойцом. Питается пивом и злостью. Наливает богу войну. Он одерживает очередную победу и бежит в «Пятёрку» за ещё одной маленькой бутылкой. Я сижу на кухне и забиваю звуки войны видеоблогами про учебу в ВШЭ. И каждый живёт в своей комнате.

Уже ночью Матвей хочет трахаться, а я нет. После пива он ласковый, а я хочу пообщаться. Он говорит, что от меня воняет куревом, и идёт дрочить в туалет. Я чувствую себя виноватым. Потом он приходит со стояком, и мы трахаемся. Потом я ложусь на него сверху, когда он ложится на живот и говорит, что ему нравится вес мужика, а потом, что ему душно.

Из коридора я смотрю на кухню. Холодильник почти разморозился. Мне надо выжать тряпки. Матвей падает на матрас и пропитывает его потом. Я выжимаю тряпки и думаю о работе. Я готовлю хот-доги в маленьком кафе на фудкорте «Меги», и мне стыдно, когда меня видят знакомые. Я работаю на этой работе, потому что в Кошелеве другой нет. и я могу ходить на неё пешком, а до города полтора часа с пересадками.

Мои коллеги — Галя, Хохол и тёзка Андрюха. Галя приехала из деревни, и я зову её Галя-биомасса, потому что она очень злая и большая. У неё добрый парень, он её любит, а она его нет и мечтает стать моделью в свои двадцать три. Она показывает мне фотографии и просит сказать, что похожа на Милу Йовович. Мы ровесники и оба мечтаем. И она тоже снимают квартиру в «Кошелеве».

Андрюху я называю Зэ-Ка, потому что у него есть судимость за вымогательство. Он широкий и лысый, добрый и всему меня научил по работе.

Хохла я зову Хохлом. Ему девятнадцать, и он приехал с Донбасса беженцем, как и многие тут — им дали квартиры от государства. У Хохла красивая балтийская фамилия Куприс, но он, конечно, не знает ничего про Балтийское море, дюны, янтарь или старую Ригу, и даже про своего отца, а Балтика для него — это пиво. Он мечтает стать бандитом и «пиздит чурок». Когда я сказал ему, что он за это сядет, он сказал, что «для карьеры надо». Я сказал, что это здорово — думать о будущем.

А ещё у нас была цыганка Роза. Она живёт большой семьёй в двухкомнатной квартире в старом Кошелеве, и на работе все её боятся.

У нас есть соседка тётя Оля, которая всё про всех знает, и про нас она знает тоже. Она похожа на киллера, и у неё нет банковской карты и телефона. Я узнал об этом, когда она пришла уговаривать нас скинуться на домофон. Я думаю, она секретная разработка отдела робототехники ЦРУ и умеет стрелять сиськами.

А ещё есть сосед Паша. Он живёт вместе с другом и женой в такой же однокомнатной квартире прямо над нами. У них есть собака, и он её бьёт, а она дико ревёт и скулит. Паша с женой очень громко трахаются, и я смеюсь, что на самом деле у них инцест и шведская семья.

Однажды во время вечеринки пьяный и злой Паша пришёл бить нам морду за то, что шумим. Матвей стукнул его и сказал «нехуй портить праздник», и Паша больше не приходил. Может, он даже не помнит, что приходил и был какой-то праздник.

Это было на Old faggot party. Я придумал, что в каждом человеке живёт Олдфеггот — старый противный педик, худшее в нас. И мы должны с ним распрощаться. Каждый должен был сделать куклу вуду, подумать обо всём противном, что в себе есть, и сжечь в мангале. Мы с Матвеем делали наших кукол из одной вонючей половой тряпки, но они получились милыми и нам стало жаль их сжигать. Мы назвали их Пинки и Адольф. Пинки — потому что волосы из розовых ниток, а Адольф — потому что похож на извращенца. Мы надели на Адольфа фату, черные трусы на Пинки, посадили их на полку в кухонном шкафу и решили, что они будут играть в этом шкафу вечную свадьбу. Они точно пара, потому что сшиты из одной половой тряпки.

Мать звонила и говорила, что пытается продать квартиру — нет покупателей, из города все уезжают, а если и есть, то за неё предлагают меньше, чем когда её покупали десять лет назад.

Наша с Мэтом квартира полностью белая: белый кафель, белые потолки и белые стены, от которых сильно пахнет водоэмульсионкой. Стену у матраса мы покрасили в чёрный и хотели, чтобы на ней можно было писать мелом, но так не получилось. На ней много пятен спермы, которые не отмываются. На той же стене висят постеры с Бивисом и Баттхедом, I want to believe, а на кухне — плакат с индейцем чероки с винтажной рекламы California and Southern Arizona. На окне жилой комнаты вместо штор висит американский флаг.

Раз в неделю мы с Мэтом устраиваем вечеринки. Дикие, как в последний раз. Матвей их сам предлагает. И каждый раз наутро я блюю, а Мэт бегает. Когда Матвей пьёт, в нем просыпается поэт. Он ведёт всех ночью на баскетбольную площадку, включает на переносной колонке калифорнийский панк-рок девяностых и ретровейв, и мы играем на раздевания, но в итоге голыми оказываются все. И нам никогда не бывает из-за этого стыдно, потому что в Спрингфилде всё можно. И если мы веселимся только вдвоём, потом мы ложимся на прорезиненное покрытие баскетбольного поля, смотрим на небо сквозь яркий фонарь, курим и представляем, что звёзды — это инопланетные корабли с Нибиру и мы с ними телепатически воюем, а они пытаются нас похитить. Иногда Матвей курит — это от стресса. Мы целуемся, и мне с ним не страшно, как и всегда. А утром он становится угрюмым программистом-анальником, надевает очки, бегает и едет в «Ашан».

За нашим домом дикая степь и овраг с заброшенными дачными участками и домиками. Однажды, когда мы с Матвеем в очередной раз ругались, я ушёл в один из них и уснул. Когда я пришёл домой, Матвей сказал, что я дурачок и должен «позаботиться о будущем Андрюше». Днём над домами с международного аэропорта «Курумоч» летят самолёты и оставляют химтрейлы.

Каждый день я открываю страницу магистерской программы ВШЭ и перечитываю список документов, имена научных руководителей, раздел «Достижения студентов» и программы международного обмена.

Я пишу тексты каждый день и иногда публикую. Я с библиографической аккуратностью вписываю каждую публикацию в отдельный документ «Портфолио».

Завтра последний день подачи документов, и я очень волнуюсь.

— Ты всё подготовил? — спросил я Матвея.

— Дай доиграю, — сказал он.

— Это никогда не кончится.

— Да сделал я всё.

Он свернул окно с «Лигой легенд» и открыл папку «Хай скул». Там были все документы: скан диплома — все страницы в одном файле, как и требует бюрократия, паспорт в два разворота, рассказы, портфолио не было, но это необязательно, биография в свободной форме. Но не было мотивационного письма.

— Я не знаю, что писать, — сказал он. — Я пока думаю.

— Мэт. Времени уже нет, — говорил я.

— Давай завтра, — он поцеловал мою руку.

— Давай дожмём сегодня. Напиши там, что мечтаю заниматься творчеством, нужны социальные лифты, но не хватает знаний, сменить работу хочу с тупой на умную, ну, короче, правду.

— Не знаю, не получается.

— Ну давай я напишу, — сказал я и взял ноутбук. — Всё окей, я ща сделаю.

— Андрей, не надо за меня, — говорил он.

— Почему?

— Это твоя мотивация будет, а не моя.

— Какая хуй разница?

— Ну потому что это неправда будет.

— Мэт, приёмной комиссии похер на правду, им нужно просто убедительно. Я университетский аферист со стажем, я знаю.

— Ну а если у меня нет мотивации?

Я закрыл ноутбук.

— Передумал что ли? — я говорил. — Нет, блядь, это уже нихуя не смешно.

Матвей встал с матраса и стал махать руками, как он всегда делал, когда злится.

— Нет, — ответил он.

— Ну а чё тогда? Ну, блядь, тогда в армейку пойдёшь. Тупо в армейку, а потом бухать с батей. Ты хочешь с ним жить? Ты хочешь стать, как он? Ты уже как он.

Матвей пнул матрас. Когда он выражал агрессию физически, было страшно, но я продолжал:

— Ты не хочешь узнать, чего ты стоишь? Чего достоин? Блядь, ну я просто не понимаю, ну давай. Ты так хочешь?

— Да не хочу! Я не знаю, что я… Точнее… Блин. Как ты блядь, умеешь заёбывать. Я не хочу, чтобы ты опять сказал, что я, как его… слабак с ампутированной волей.

— Я извинился за тогда.

— Да. Ты извинился. Я помню.

— У тебя всё нормально с волей.

— Знаю!

Он выдохнул и стал очень серьёзным.

— Все будет ок, — он засмеялся. — Бля, ну ты знаешь, что я шизоид. Всё ок.

— Матвей. Мы уже много сделали. Не сливай себя. Я в тебя верю.

— Да.

— Ты веришь?

Он подошёл ко мне и пошлёпал по щеке:

— Ща пойду напишу. Заебись будет.

И он написал письмо буквально за двадцать минут. Он посадил меня на матрас, сел передо мной с ноутбуком на коленях и приготовился читать, как когда детям рассказывают сказку.

— Дорогая приёмная комиссия, — начал он, — я хочу поступить в лучший вуз страны, чтобы моего парня там никто не трахнул.

— Да блин!

Мы поржали.

— Ладно. Слушай. — он откашлялся. — Мотивационное письмо. Вообще Вышка — это мечта. Амбициозная давняя мечта, потому что это самый прогрессивный и свободный вуз страны. Амбициозно мечтать я стал рано, потому что, сколько я себя помню, я хотел спасти мир и быть Питером Паркером. Это прозвучит странно, но я и правда немного Спайдермен — в детстве меня укусил паук фаланга и остался шрам. Думаю, это знак. Когда пришло время поступать в вуз, я понятия не имел, куда себя деть. Естественно, я всё ещё хотел менять систему и вообще быть супергероем и спасать всех, но так не бывает. Поступил в самарский университет, лишь бы свалить поскорее из родного города без будущего и было общежитие. Но у меня было чувство, будто проживаю совсем не свою жизнь. А она проходит. Я не встраиваюсь в сюжет, который предлагает мне жизнь. Я играю роль подружки невесты в каком-то из эпизодов ситкома. А у невесты улыбка до ушей: она знает, кто она и зачем, и мир ей совсем не жмёт и играет по её правилам. И ни в одной книжке мне не удавалось найти историю, которая объяснит мне, как жить. Именно мне. И наверное, из-за этого я стал писать и рисовать комиксы. Мне хотелось создавать хотя бы на бумаге такие истории, которые помогут мне и, я надеюсь, кому-то ещё справиться с тем, что ты просто какой-то Мэт из умирающего города Тольятти. Умение сочинять истории спасло мне жизнь. Теперь, определившись с тем, что является моим по-настоящему любимым занятием и что у меня получается хорошо, я хочу расширять свои знания и умения. А ещё я очень хочу написать роман. Мне не хватает академических знаний в литературе, и от курса «Художественная проза» я жду тотального поумнения. Ведь Вышка дает лучшие знания в стране. И чем лучше я буду рассказывать важные истории, тем больше толку от меня, балбеса, будет. Да, я очень амбициозен. Но я верю в свои силы. И я знаю, что есть те, кто тоже в меня верит, и я не могу их подводить.

Он закончил и посмотрел на меня.

Глава 10

Творческое испытание проходило онлайн. Я сказал, что пройду его из дома, потому что выходной, а Матвей — что на работе, потому что там есть каморка.

Вечером, перед днём объявления результатов, я сидел дома, а Мэт ходил по площадке у дома по кругу и пил пиво. Подходил к подъезду и не заходил. Несколько раз забегал домой поссать и каждый раз уходил очень быстро. Он садился на скамейку, смотрел на дикое ещё незастроенное поле, окружающее район, стрелял сиги у тех, кто так же сидел на скамейках, таких же молодых, сильных и нищих, которые так же смотрят на степь со скамейки или сидят на траве, потому что куда не смотри, везде будет поле. Каждый вечер они так же идут гулять и пьют пиво после какой-то работы, потом доходят до края района, смотрят на поле, кажутся маленькими и разворачиваются, потому что дальше гулять некуда.

Я смотрел на Матвея, его красную шею, выгоревший затылок и твёрдые плечи, на воинственного индейца чероки с плаката и бесконечно тыкал курсором в папку с документами на поступление. Я тыкал, отсчитывая секунды.

Мэт вернулся, когда стало совсем темно, и совсем пьяный. Пьяный и с красными глазами. Он зашёл в комнату, упал на матрас, встал, снова сел, а потом зашёл ко мне на кухню.

— Я кое-что написал щас, — сказал Матвей. — Стишок. Про тебя. Хочешь прочту?

Мэт сел на стул рядом со мной, достал телефон и облокотил тяжёлые руки на стол так тяжело, что тот съехал ко мне.

— Короче, — начал он, — называется «Сверхновые звёзды и ноги».

Андрей
в древние времена считалось
что если двадцать восьмого марта вода течет медленно
то весь год будет тяжёлым.
В этот день мы сидели смотрели на быстрые волны
какого-то океана
они падали на людей
и их чёрные бошки
непременно поднимались в воздух
ожидая очередной вал.
Я смотрел трогал своей ногой твою ногу и говорил
бля
это точно как жизнь.
Двадцать восьмого марта зажглась
сверхновая в галактике эм восемь один и стала
самой яркой сверхновой
наблюдаемой в этом веке
и я её уже видел
трогал шапкой
сижкой
паром из своего рта
и даже ногой когда падал на льду вверх тормашкой
а ещё в этот день родилась Леди Гага
и она точно играла в одном из тех глупых тиктоков

которые я тебе скидывал.
Я не знаю как долго горят сверхновые звезды
они наверное вспыхивают и потом устают
становятся карликами
трясутся от злости
и растворяются в космосе
и я хотел бы их трогать всем телом
а не только ногой
падая и ударяясь
башкой.
Но жизнь долгая
волны быстрые
и Гага всё ещё светит и на неё снимают тиктоки
и так-то и хуй с ними со звездами
важнее ноги.

Матвей замолчал. Я улыбнулся.

— Ну, типа, помнишь, я сказал тебе, что у тебя мощные ноги, — сказал он.

— Что я бегаю на них от проблем или че-то такое.

— Не. Ты не понял. Ты, когда стоишь... Ты стоишь, я прям хочу укусить тебя за ногу. Потому что она такая, ну, крепкая.

— Мэт, прости, я не понял ни хрена.

— Пидор. Это важно для меня было.

Он толкнул меня по ноге.

— Давай, пидор, чисти кроссовки, и спать.

— Они нормальные, — я ответил.

— Они засранные.

— Бля, началось.

Я почистил кроссовки, сложил по контейнерам обеды, вышел курить. Мэт допивал пиво, играл в комп и матерился. Мы потрахались, Мэт убрал ноут с матраса на пол, и мы легли спать. Я лежал и смотрел, как свет фар проезжающих машин проходит через американский флаг и белая стена ста-

новится тускло-разноцветной. Думал о «потом» и «успеем».
Я положил руку на твёрдую, неравномерно волосатую грудь
Матвея, в которой сильно бьётся сердце и делает так, что ле-
жать жарко.

— Волнуешься? — спросил я.

— Не.

— Ты ковбой.

— Е-е-е. И жопка. И галюн ёбаный. И кем я только не был.
По твоим словам.

— Короче. Если что…

— Никаких если. Я всё решил.

— Мы, короче, давай ща увидим, как поступим, и будем сво-
бодными московскими пидорами.

— И будем сосаться у входа Вышки.

— И увидим мир. И никакого Кошелева и Тольятти.

Матвей потрогал мой мизинец своим.

— Знаешь, че?

— Че?

— В моем рассказе. Что Бивис в итоге помер. Как-то хуёво.
Надо переписать.

— Нормально.

— Нет. Надо переписать. Хотя бы для себя. Пусть лучше он
такой пошёл за водкой в «Пятёрочку», а там типа принц Гар-
ри пиво по акции выбирает. И он такой: Бивис, ебать, я ждал
тебя всю жизнь. Поехали ко мне в Лондон. Пивка нормального
дёрнем, поженимся там, я тебя с бабушкой познакомлю. Вот
это прям хороший конец, а то жалко парня.

— Хорошо.

— Хорошо.

Он помолчал.

— Скучаю по тебе, — сказал он.

— Я же тут.

— Да. Я вижу тебя чаще, чем свой хуй.

На следующий день я ушёл на работу, пока Матвей ещё спал. И весь день, пока я крутил хот-доги, таскал канистры воды и мыл гриль, я думал только о результатах. Меня спрашивали: чего ты не разговариваешь? А я не мог разговаривать.

Я часто отпрашивался в туалет и обновлял там страницу образовательной программы, почту и группу «ВКонтакте».

И в середине дня мне позвонили.

Женский голос говорил:

— Андрей?

— Кто вы? — я никогда не отвечаю в таких случаях «да», потому что это могут быть коллекторы.

— Андрей, я профессор гуманитарного факультета Высшей школы экономики. Поздравляю вас. Вы прошли на бюджетную форму обучения на программу «Художественная проза».

Мне хотелось орать, но я представил, что заглотил хуй:

— Понял.

— Андрей, вы точно будете учиться?

— Я точно буду учиться!

— Хорошо.

— Ага.

— Ждём вас, Андрей.

Мне очень хотелось позвонить Матвею, но я побоялся. Через час я не выдержал и набрал ему, но он не взял трубку.

Вечером, после работы я взял нам три полторашки разливного пива и так торопился, что забыл снять фартук.

И я снова позвонил Матвею, и он снова не взял.

Я пришёл домой. Включил свет. Матвея не было. Я позвонил ему ещё раз. Абонент временно недоступен.

Я стал снимать кроссовки, но его кроссовок не было. Значит, куда-то ушёл.

Я зашёл в комнату, поставил полторашки около матраса. Я хотел по привычке сдвинуть с прохода ноут Матвея, который всегда лежит у матраса, но его тоже не было. Мой ноутбук есть, а его — нет.

Я стал ходить по квартире. Не было летних кроссовок.

Не было зимних кроссовок.

Не было батиной куртки.

Не было ничего, кроме американского флага на окне, который Мэт привёз из общаги.

Его аккаунт в ВК был удалён, в Инстаграме и телеге — тоже. Я обновил страницу образовательной программы, и она всё ещё была пустой. Там тоже не было Мэта.

Я стал звонить всем друзьям — Лене, Рахату, Репину, Лёхе. Я просил позвонить ему и написать. И все говорили: Матвея нигде нет.

Он просто бегает, сказал я себе. Или бухает. Бухает и творит хуйню. Но его не было вечером, ночью и утром. И потом снова вечером, ночью и утром.

Я пришёл в полицию, чтобы заявить о пропаже человека, но, когда сотрудница спросила, кем он приходится, я не знал, что ответить, и сказал «брат». «Фамилия?» — спросила она. И я ушёл. Сказал, что ошибся.

Через день я поехал в Тольятти и стал искать его дом, чтобы встретиться с родителями, но я не помнил, в каком именно доме из множества одинаковых тольяттинских домов он живёт. Я ходил по кварталу от дома к дому и не мог узнать его дом.

Уже в Москве мне стало казаться забавным представлять, что Мэта как бы не было, и рассказывать московским друзьям загадочную историю о ёбаном галюне. Что я придумал его, как и то, что он похож на Питера Паркера, ковбоя или водилу из «Драйва». Но пока я был в Спрингфилде, я каждую ночь включал American football, ложился на наш матрас. Он пах «Олдспайсом», молодым мужиком и пивом, которое Мэт воровал в «Пятёрочке». Я открывал кухонный шкаф, и там сидели Пинки и Адольф. Они воняли одной половой тряпкой.

Я не хотел думать, что он меня бросил. Что он, как те звёзды, которые трясутся от злости и растворяются. Было забавно думать, что его правда похитило Нибиру или он просто ушёл бегать, как он всегда бегает с похмелья. Круг за кругом. Круг за кругом. И просто не может вырваться из этого круга.

Вышка вывесила список рекомендованных к зачислению. Там был я, и там не было Матвея. Я открыл список всех абитуриентов, подавших документы. Матвея там тоже не было.

Лето заканчивалось. Я собирал вещи и оставлял всё, что не унести. Индейца и другую бумагу я выкинул, флаг оставил. И больше я его не искал. Я сел с сумками на шестьдесят седьмой автобус, проехал железнодорожные пути, отделявшие нашу часть Спрингфилда от основной, потом ту часть, где чаще всего ходят цыгане, «Мегу», в которой работал, а потом был огромный ещё незастроенный пустырь. В него идут тропы и плохие дороги. И его всегда пытаются чем-то отделить от людей: билбордами, деревьями, пышными шифоновыми шторами, если окна выходят туда, но чаще — более новыми жилыми домами. Потом степь закончилась городом и Московским шоссе. Я вспомнил, как его расширяли к чемпионату мира, когда всюду на улицах была дружба народов, и теперь там нет пробок. Вспомнил, и стало весело. По небу летят самолёты и оставляют химтрейлы. Хохол говорил, что где-то за городом есть военная база и на самом деле самолёты летят оттуда или туда. И добавлял такой: лишь бы не снова война. Но всё это, конечно же, глупости, — думал я, ведь всё идёт только к лучшему. Мы живём в самом мирном месте планеты и в самое мирное время. С людей постепенно снимают карантинные ограничения, они летят в Будапешт и Черногорию и хотят посмотреть мир. Из Спрингфилда люди едут только туда, где им будет лучше. И только об этом и хочется думать.

В издательстве Freedom Letters выходят книги:

Сергей Давыдов
Пять пьес о свободе

Дмитрий Быков
Боль-
шинство

Демьян Кудрявцев
Зона поражения

Евгений Клюев
Я из России. Прости

Шаши Мартынова
ребёнку Василию снится

Shashi Martynova
translated by Max Nemtsov
Basil The Child Dreams

Непоследние слова
Сборник речей российских политзаключённых

В серии «Слова України» выходят в свет:

Андрій Бульбенко
Марта Кайдановська
Сиди й дивись

Александр Кабанов
сын снеговика

Артём Ляхович
Логово Змиево

Сборник современной
украинской поэзии
Воздушная тревога

Алексей Никитин
От лица огня

В серии
«Как мы дошли до жизни такой»

Юлий Дубов
«Большая пайка». Первое полное авторское издание»

Юлий Дубов
«Меньшее зло»

Сайт издательства freedomletters.org
Телегам-канал freedomltrs
Инстаграм freedomletterspublishing
Магазин freedomletters.gumroad.com